庭師《ガーデナー》と箱入り花嫁

Hotaru Himekawa
妃川螢

CHARADE BUNKO

Illustration

水貴はすの

CONTENTS

プロローグ

親友がお嫁に行ってしまった。

自分の身代わりに出向いたシチリアで、代々その土地を治《おさ》める元貴族の富豪に見初《みそ》められて、日本での暮らしをあっさりと捨ててシチリア移住を決めてしまった。

身よりのない身軽さといっても、大学は入ってまだいくらも経《た》っていなかったし、友だちもたくさんいたのに。

自分だってそのひとりだ。

でも、恋人の腕に抱かれて微笑《ほほえ》む、幸せそうな顔を見てしまったら、応援せざるをえなかった。

たとえ相手がひとまわりも年上の、同性だったとしても……。

そんな親友を、「幸せそうでいいなぁ……」と、眺めているだけで終わっていたなら、それはそれで平穏だった。

親友を追いかけていった先のシチリアで、鈴音《すずね》にも素敵な出会いがあった。

親友に感化されたわけではない。

才能に惚《ほ》れ込んだのだ。

「父上、母上、兄上、僕はイタリアに留学することにしました。せっかく入学金を支払っていただいたのに申し訳ありません」

深々と頭を下げて入学間もない大学を辞めることになるのを詫《わ》び、鈴音は両親と歳の離れた兄とに別れを告げる。

代々華道の家元を務める三沢《みさわ》家の屋敷には、常に弟子《でし》や客が出入りしているけれど、家人専用のスペースである奥の座敷まで、そうした喧噪《けんそう》は届かない。

内庭でかっぽん！　と鹿威《ししおど》しが鳴った。

「……鈴音？　急になにを……」

いつもはおとなしい次男のきっぱりとした口調に気圧《けお》されて、両親は目を白黒させる。

ちょっと旅行に行くと言ってシチリアに出向き、戻ってきたかと思えば、荷造りと各種手続きを超特急で終えて、今度は旅行ではなくシチリアに留学すると言いだした。家族が驚かないわけがない。

「僕、シチリアで好きなひとができたんです。絶対にゲットして幸せになります。兄上、家のこと、よろしくお願いします」

相手が同性だということは、話がややこしくなるからあえて言わずにおいた。

華道家としての才能はあるものの、気性がやさしくて若干頼りない兄には、自分はもう家の手伝いはできないからあとはよろしくと言い置いた。

「え？　鈴音？　大学に入ったら、お弟子さんとってくれる約束じゃ……」

鈴音と同じく母似で柔和《にゅうわ》な美貌の兄は、大きな瞳を瞬き、まるでひとが変わってしまったかのように自己主張する弟を唖然《あぜん》と見やった。

お人形のように可愛らしくておとなしくて楚々《そそ》と花を活《い》けているだけだった弟は、いつの間にこんなに自己主張するようになったのだろうか。兄の薄茶の瞳が訴えんとするところは容易に想像可能だった。

「父上も健在、内弟子は優秀な方ばかりですし、兄上の評判を知って生徒さんも増えていると聞いております。僕の出る幕はありません」

「そんなこと……っ、鈴音がいてくれなきゃ……」

「とにかく僕はシチリアに行きます。もう決めたんです」

では、行ってきます！　と、一番大きなサイズのスーツケースひとつを手に家を出る。

「鈴音……!?」

玄関先まで追いかけてきたものの、両親も兄も、何を言っても無駄と察したのか、「気をつけてね」「休みには帰ってくるんだよ」と、ついには手を振って見送ってくれた。

「はい。行ってまいります」

成田《なりた》空港からローマ経由で、シチリア島の玄関口カターニャ空港まで、乗り継ぎ時間を入れておよそ十五時間のフライト。

空港には、迎えの車が待っていた。親友の嫁ぎ先である、ベルリンゲル家の車だ。

スーツに白手袋の運転手が、深々と頭を下げて出迎える。

「よろしくお願いします！」

両親の言いなりに、兄の背ばかり追いかけていた自分とはお別れだ。

日本とはまるで違う乾いた気候のこの島で、鈴音は幸せになると誓ったのだから。

1

長靴に譬《たと》えられるイタリア半島の南、爪先が石ころを蹴《け》っているようだともいわれるシチリア島は、イタリア共和国の一自治州だ。

トリナクリアと呼ばれる三つの岬が特徴的なかたちをしている。アドリア海とイオニア海に囲まれ、古《いにしえ》から地中海交易の要所とされていた。

州都はパレルモ。鈴音が降り立ったカターニャ空港は、島の西側に位置するパレルモの反対側、東の玄関口だ。

長い歴史のなかで、多くの民族の支配を受け、そのたび文化の上塗りを受けてきた島には、ギリシア・ローマ時代の遺跡のほか、イスラム的なモザイクの施された宮殿や建造物が見られる。

そして島の東側には、いまなお噴煙を上げつづけるエトナ山。

その火山灰が、肥沃《ひよく》な土地をはぐくみ、有名なブラッドオレンジを育てる。あの赤い色は、この土地でなくては生まれない。

それから、銀色に輝く葉が印象的なオリーブ、たわわに実るレモン、日本の桜のような花を咲かせるアーモンド。

乾いた土地ではあるが実り豊かで、四方を囲む海の幸にも恵まれている。

古代の遺跡が観光資源となり、寒い北イタリアに住む人々にとっては、国内屈指のリゾート地でもある。

とはいえ、開発の手は二十一世紀のいまなお届いていない。人々は牧歌的な暮らしをつづけている。

緑の草を食《は》む羊《ひつじ》の群れ、風にのって届くレモンの香り、燦々《さんさん》と降り注ぐ太陽光と山並みの向こうに輝く紺碧《こんぺき》の海。

何もかもが美しくて、日本の忙《せわ》しなさを忘れさせてくれる。

愛するひとととともに、この土地に骨を埋める覚悟を決めた、親友の気持ちも理解できなくはない……と、鈴音はベルリンゲル家の館に向かう道すがら、車窓を眺めて思った。

三沢鈴音は、代々つづく華道の家元の次男坊として生まれた。

生まれたときには、すでに家元候補である兄の補佐をして、家のために生きることが決められていた。

なんの疑いもなく華道を学び、高校のころには弟子を取れるほどの腕前になっていた。

家を継ぐのは兄であって自分ではない。けれど、生け花以外にできることもなく、生きる道も思いつかず、敷かれたレールの上を歩くのがあたりまえだと思っていた。——生命力にあふれた親友に出会うまでは。

楢木凜《ゆうきりん》は、天涯孤独《てんがいこどく》の身の上ながら、いつも元気で明るく、太陽のように輝くエネルギーを感じさせる青年だった。

おとなしいといえば聞こえがいいが、単に優柔不断で意気地がないだけの自分を引っ張ってくれる存在として、すぐに頼りにするようになった。

亡き祖父の遺《のこ》した傍迷惑《はためいわく》な遺産ともいうべき、イタリア貴族の許嫁《いいなずけ》の存在が明らかになったとき、家同士の問題もあって断りにくい上、実は男でしたなんて口が裂けても言えないと泣きついたら、自分が身代りに行って、うまくおさめてきてやると、単身シチリアに出向いてくれた。

よもやそれが、彼の人生を変えることになろうとは……。

結果的に親友は幸せを摑んで、家同士の問題も起こらず大団円《だいだんえん》……ではあったのだけれど……。

いつも元気に振る舞う一方、繊細な神経をした親友が心配になって、やっぱり自分のことは自分で対処しなくてはいけないと思い直してシチリアに出向いた自分まで、人生を変えられることになるなんて、まるで想像外だ。

そういう世界があると知ってはいたものの、自分が同性に惹《ひ》かれる日がくるなんて、考えたこともなかった。

ベルリンゲル家の当主に見初められた親友に、感化されたわけではない。

でも、才能に惹かれた事実は認める。

鈴音に大学を辞めさせ、シチリア留学を決めさせたのは、ベルリンゲル家の雇われガーデナー。若く才能にあふれたガーデンデザイナー、ルカ・ヴィアネロだった。

彼の傍《そば》で花について学びたくて、鈴音はシチリアくんだりまでやってきたのだ。


長いアプローチを抜けると、ようやくベルリンゲル家の館が眼前に現れた。

元貴族の館は、まさしく城。建造物を囲むようにつくられ美しく整えられた庭園は、ルカの手によるものだ。

車が停まるのを待ちかねたように、痩身《そうしん》が飛び出してくる。

「鈴音！」

ひと足先にシチリアに着いていた凛だ。やわらかな薄茶の髪が跳ね、同じ色の瞳が輝いている。少し陽に焼けた顔は艶《つや》めいて、ますます綺麗になった気がする。

その背後から、ゆったりとした足取りで、この館の当主アレックス・ジュリアーノ・ベルリンゲルが姿を現した。濃いブルネットの髪に碧眼《へきがん》が印象的な美丈夫だ。一歩後ろに執事のドナッジオを従えている。ルカの姿はない。

「凜！　久しぶり！」

ぎゅっと抱きつくと、さして体格の変わらない凜は、両腕を広げて受けとめてくれる。

「よかった。無事こられて」

家族に引き止められているのではないかと心配していたのだと言う。

「父上も母上も兄上も唖然としてたけど、その隙《すき》に出てきちゃった」

えへ、と首を傾《かし》げると、凜が薄茶の瞳を見開く。そして、「すごいや」と破顔した。

「なんだか鈴音、ひとが変わったみたいだ」

「うん。変わるって、決めたんだ」

凜のおかげだよ……と言うと、親友は気恥ずかしげに微笑んで、そして背後にチラリと視線をやった。アレックスの碧眼は凜しか捉《とら》えていない。

「疲れただろ？　荷物置いたら、お茶にしよう！」

ブランカもジーノも待ってるよ！　と、広大な庭を住処《すみか》にする愛犬の名を口に上らせる。真っ白と真っ黒の二匹のシェパードだ。

「うん。お腹すいちゃった」

ファーストクラスの料理は、それなりに美味《おい》しいものの、幼いころから手のかけられた和食で育った鈴音の舌は満足できなかった。何より、ベルリンゲルの館には美味しいものがたくさんあるとわかっているから、豪華なフレンチだろうがイタリアンだろうが、さほど食べたいとも思わなかったのだ。

「搾《しぼ》りたてのブラッドオレンジでゼリーをつくったんだ。オリーブのフォカッチャとレモンのタルトと、それから……」

鈴音と一緒に食べようと思って待っていたのだという凜が、ワクワクと説明をはじめる。

それをやさしくいなしたのは、執事のドナッジオだった。

「さあさ、お話はテーブルについてからにいたしましょう」

片眼鏡の奥の目を細めて、まるで孫を見るかのように言う。

「レモンのジェラートもありますよ」

鈴音と凜は顔を見合わせ、「いただきます!」と元気に応じた。


エトナ山の麓《ふもと》に広大な領地を持つベルリンゲル家は、元はこの地を治めた貴族の家柄で、イタリアで貴族制度が廃止されてからも、代々の当主に受け継がれたこの地で、農産物を主体とした事業を展開させている。

肥沃な大地の恵みを利用した加工品や、代々の遺産ともいえる離宮を改装したホテル、農園体験のできるアグリツーリズモなど。腕のいいガーデナーの手による壮大な庭園も、観光名所のひとつとなっている。

鈴音と凜は、この館で暮らす傍《かたわ》ら、午前中は語学学校に通い、午後からは農園やアグリツーリズモの仕事を手伝う約束になっている。

館の当主であるアレックスの伴侶《はんりょ》という立場にある凜には、そもそも館に居場所があるが、鈴音は居候《いそうろう》することになる。働かなくては申し訳ない。

凜は、アグリツーリズモの仕事を覚えて、いずれはアレックスの伴侶として事業に携わりたいと考えているようだが、鈴音にはほかに目的があった。

観光用に公開している庭とは別に、この館には家人のみが足を踏み入れることを許される空間がたくさんある。大半がそうだといってもいい。

イタリア北部を中心に多く見られる整形庭園ではなく、十八世紀に流行したというイギリス風の風景式庭園は、一般公開されていない。植物たちが自然な姿を見せる、静かで長閑《のどか》な空間だ。

大きく枝を張った木陰のテーブルには、すでにお茶の準備が整っていた。

色とりどりのドルチェに搾りたてのブラッドオレンジジュース、農園で収穫されたオリーブの塩漬けを使ったフォカッチャには、牧草地に放たれている羊や山羊《やぎ》のミルクを使ったチーズを合わせると絶品だ。

ファーストクラスの機内食だって、この素晴らしさにはとうていかなわない。素朴だけれど、本物の味がする。

凜が席につこうとすると、アレックスがすかさず椅子《いす》を引く。「女じゃないんだからっ」と文句を言いながらも、まんざらでもなさそうな顔だ。鈴音の椅子は、ドナッジオが引いてくれた。

アレックスが腰を下ろしたタイミングで、木陰から白と黒の影が一目散に駆けてくる。そして、凜と鈴音の足元で、ピタッと止まった。

「わふっ」

庭の番犬でもある、ブランカとジーノだ。真っ白なブランカはホワイト・スイス・シェパード、真っ黒なジーノはジャーマン・シェパード・ドッグという犬種で、とても賢い。

「こんにちは。僕のこと、覚えてくれてる?」

「わふっ」

鈴音が手を差し伸べると、二匹は嬉しそうに尻尾を振って、ペロペロと指先を舐《な》めてくれた。

客人にあいさつを終えると、二匹は自分が守るべき主である、凜とアレックスの足元に躯を伏せる。アレックスから言いつけられているらしく、凜が農園で作業をしている間は、かたときも傍を離れないらしい。

「山羊ミルクのカッテージチーズ、朝搾ったお乳で俺がつくったんだ。シェフに習ってフォカッチャも焼いたし、ピスタチオのケーキも教わったよ」

「へぇぇ～、すごいね！　美味《い》しそう！」

この土地の産物を活かした料理づくりに、凜は夢中の様子だ。生活に根付いたところからかかわるのが、土地の文化や風習を知るのに一番てっとり早いのだろう。

ワゴンに並んだドルチェやフルーツを、ドナッジオが白い皿に美しくプレーティングしてくれる。

まずは搾りたてのブラッドオレンジジュースで喉《のど》を潤《うるお》して、レモンのジェラートのさわやかさに感激する。それから、「あれ食べてみて」「これも美味しいよ」という凜の言葉のままにあれもこれもほおばったら、あっという間にお腹がパンパンになってしまった。

つくりたてのカッテージチーズは大粒のオリーブが練り込まれたフォカッチャによく合うし、世界最高品質といわれるピスタチオをたっぷりと使ったケーキは濃厚で風味がいい。オレンジのゼリーもレモンのタルトも、もぎたてを使っているからこその瑞々《みずみず》しさだ。

「ごちそうさまでした」

お腹いっぱいです、とずっと給仕についてくれたドナッジオにまずは礼を言う。そして、この場の主であるアレックスに「ごちそうになりました」と頭を下げた。

「堪能できたのならなによりだ」

言いながら、まだまだ満腹には程遠い様子で、山盛りのカッテージチーズを塗ったフォカッチャをほおばる凜を見やる。

食べたぶん働いているからいいのだろうが、この食べっぷりでよく横に育たないものだと感心する豪快さだ。

「凜」

アレックスが、凜の口許に手を伸ばす。そして口の端についたカッテージチーズを指先で拭《ぬぐ》った。それを自分の口に運ぶ。

途端、凜の白い頬に朱《しゅ》が差して、テーブル下での攻防。

凜がアレックスの脛《すね》を蹴ったのだ。軽くじゃれつくばかりのそれを、アレックスは口角を愉快そうに上げるだけでいなしてしまう。ムッとした凜が、さらに強く蹴った。

「悪戯がすぎるな」

「アレックスが悪いんだろっ」

「私は何か叱《しか》られるようなことをしたか？」

「……っ」

くだらないやりとりも、蜜月ならばしかたない。——とはいえ、一年経とうが二年経とうが、ふたりはこの調子のような気がするけれど。

――いいなぁ……ラヴラヴで。

ドナッジオが淹《い》れてくれた日本茶を啜《すす》りながら、鈴音は向かいのふたりを見やる。

両親を亡くしてからずっとひとりで生きてきた凜は、以前はもっと気を張って強がっていることが多かったのだけれど、シチリアに来てからは肩の力が抜けたようで、素直な笑みを見せている。

そんな親友を見るにつけ、本当によかったなぁ…と思うのだけれど、一抹《いちまつ》の寂《さび》しさも否めない。ずっと一番の友だちだったのだ。ほかの誰にも言えないことを話せる唯一の存在だった。

ちなみに煎茶《せんちゃ》は、鈴音の手土産だ。落雁《らくがん》の小箱と一緒に、アレックスほか使用人のひとりひとりに行き渡るように先に送っておいたのだが、それに合った茶器を用意するという粋《いき》な歓迎はアレックスの発案か、それとも長くベルリンゲル家に仕えるドナッジオの閃《ひらめ》きか。

ともかく、ひとをもてなす心にあふれている。

中央から遠く離れたシチリア島は貧しく、そうした歴史がマフィアを生んだともいわれているが、水資源に恵まれているためだろうか、ここは作物だけでなくひとの心も豊かだ。

「もういいよっ」

アレックスとのじゃれ合いに飽きたらしい、凜が腰を上げる。凜のどんな表情も可愛らしいとばかりに、アレックスは薄く微笑むのみだ。

「凜」

腰を上げた凜の腕をとって引き寄せ、唇に軽く口づける。うっかり応《こた》えそうになったものの、鈴音の目があることに気づいて、アレックスの肩を突き飛ばした。

「場所と時間を考えろっ」

真っ赤になって叫んで、目を合わせもせず鈴音の手をとる。

「鈴音、仔馬《こうま》が生まれたんだ。見に行こう！」

「う、うん」

厩舎《きゅうしゃ》には、アレックスからのプレゼントだという白馬がいるのだが、それとは別の牝馬《ひんば》が仔を産んだのだという。

草を食む馬の群れのなかに、真っ黒な毛並みの牡《おす》の仔馬がいた。

「可愛い！」

つぶらな瞳の仔馬は、鈴音が手を伸ばすと、おとなしく撫《な》でさせてくれる。馬は頭のいい動物で、気に入らないと触れさせてもくれないというから、どうやら気に入ってもらえたらしい。

「賢そうな顔してるだろ？　いい馬になるって、アレックスのお墨付きなんだ」

痴話喧嘩《ちわげんか》したばかりだというのに、結局アレックスの話に帰結する。無意識なのだろうが、こちらはアテられっぱなしだ。

「……なに？」

じっと見つめる鈴音の視線に気づいた凛が、大きな瞳をパチクリさせた。きょとんとした顔がおかしくて、鈴音は笑いを零《こぼ》す。

「幸せそうだなぁ……って思って」

そう言うと、凛は拗《す》ねたように口を尖《とが》らせて、「別に……」と言葉を濁《にご》した。

「だって、アレックスがさ……」

人目もはばからずベタベタしてきて、ウザくてしょうがないのだと、惚気《のろけ》でしかないことをブツブツと言う。

そんな凛の話を半ば聞き流しながら、鈴音はそれとなく周囲をうかがった。

——ルカ……温室かな。

出迎えてくれるものと思っていたのに……。

凛とお茶をしている間も、実のところ鈴音は心ここにあらず状態で、ひとりの姿を探し求めていた。

「凛、あの……ね」

えっと……と言葉を濁すと、凛はニンマリと笑って、顔を寄せてきた。

「ルカがいないから拗ねてるんだろ？」

「凛！　……もうっ」

揶揄《からか》わないでよ！　と、今度は鈴音が口を尖らせる番だった。

わかってるんなら、焦《じ》らさなくてもいいのに……と言い募ると、凛は「ごめんごめん」と笑って、「離宮だよ」と教えてくれた。

「離宮？」

「ここのところずっと、離宮の庭園にかかりっきりだって、アレックスが言ってた」

ガーデナーとしてのルカの才能に惚れ込んでいるアレックスは、ルカのやりたいように温室も敷地もいじらせている。

結局それが資産となってベルリンゲル家を潤すのだから、少々の投資も納得ずくなのだろう。

「離宮って……」

「馬か車じゃないと無理だよ」

あったっけ？　と尋ねようとしたら、すかさず返される。

ベルリンゲル家の領地は広く、館の塔から眺めたとして、地平線のあたりまでは確実に範囲内だと教えられた。凛も全部は見てまわったことがないと言う。

「一緒に乗馬の練習もしよう！」

この地で暮らす限りは、馬に乗れたほうが便利だと勧められて、鈴音は「僕にできるかな」と呟《つぶや》いた。凛は身体を動かすことも得意だし、動物にも好かれるタイプだけれど、自分はどうだろう。

「大丈夫だよ。鈴音に合う馬を選んでもらえばいいんだから」

相性のいい馬がいるはずだと言われて、鈴音はホッと頷《うなず》いた。

そうだ。もっと積極的に、なんにでも挑戦して、自分は変わるのだと決めたではないか。目の前には、表情をきらきらと輝かせた親友の姿がある。

自分も、幸せになりたい。

これまでの人生が不幸だったわけではないけれど、むしろとても恵まれた環境で育ててもらったと思っているけれど、でも境遇と幸福度とは別問題。心から笑って生きたい。凜を見て、そう思ったのだ。

ガーデナーとして、広大な敷地を自由に使い、資金の心配もなく造園に取り組める環境は、この上なく恵まれたものといえる。しかも、オーナーからの口出しはほぼない。あるとすれば、納得のいくものをつくれ、ということくらいだ。

信頼は、ありがたくもあり重責でもある。やりがいはあるが、雇用主の期待に応えつづけるのは容易なことではない。

祖父も父もガーデナーという環境に育ったルカ・ヴィアネロは、幼いころから土に触れ、植物とたわむれて育った。

祖父は、このベルリンゲル家の庭のすべてをあずかるガーデナーで、父は別の場所で仕事をしているがやはりガーデナー、そして祖父のもとで育ったルカ少年は、当然のようにガーデナーの道を選んだ。それ以外に、自分の生きる道など考えられなかった。

亜麻色《あまいろ》の髪と翡翠色《ひすいいろ》の瞳が印象的な長身痩躯《そうく》は、肉体労働に不似合いに見えるのか、はじめて行った現場や初対面のスタッフには、設計図を引いているだけのデザイナーだと思われがちだが、ルカのガーデナーとしての知識はすべて、経験に裏付けされている。

アレックスの勧めもあって大学で専門分野を学びはしたが、学術的な知識は補助にはなっても、実地で学ぶ以上のものではなかった。

「ルカ！　アガベの花穂《かすい》が上がってきているよ！」

スタッフに呼ばれて足を向けると、巨大な多肉植物が中心から花芽を覗《のぞ》かせていた。メキシコあたりでは甘味料やアルコールの原材料にもなる植物だ。

「どれくらいの高さになるかな。楽しみだ」

日本では龍舌蘭《りゅうぜつらん》という。その名のとおり、葉がまるで龍の舌のようなかたちをしているかららしいが、もちろん想像の産物でしかない。

「そうそう。凜さんのお友だち、着かれたようだよ」

出迎えなくてよかったのかい？　と訊《き》かれて、ルカは頷く。

「ああ、知ってる」

いいんだ……と言うと、「またつきまとわれても困るしなぁ」と笑われた。

鈴音を邪魔にしているわけではなく、以前滞在したときに、ルカの傍を離れようとしなかったことを揶揄っているのだ。

ベテランのスタッフの目に、童顔の鈴音は子どもにしか映らないのだろう。ルカのもとで働くベルリンゲル家のガーデナーたちみんなが彼を可愛らしく思っているのだ。「花が好きなのかルカにご執心なのか……両方か」などと笑う。

「子どものやることだから、揶揄わないで。イジメちゃダメだよ」

目にするものすべてに興味津々なだけさ……と、こちらも笑う。

「その言葉はそっくりそのまま返すよ。ローティーンにしか見えなかったけど、日本じゃ大学生なんだろう？」

ずいぶんと袖《そで》にしていたじゃないかと指摘されて、ルカは口許に苦笑を浮かべた。「日本人は本当に若く見えるなぁ」と感心する彼に「そうだね」と同意する。

「凜さんもティーンにしか見えないけど、あの子はそれ以上だ。歳を聞くまではうちの子と同じくらいかと思ったよ」

そういう彼の息子は中学に上がったばかりだったはず。さすがにそれは鈴音に失礼だと思いながらも、ルカはつい笑ってしまった。

可愛い子に懐《なつ》かれて嫌な気はしないが、少々対処に困る。——というのが、ルカの正直なところだった。

結局のところルカの目にも、鈴音は子どもにしか映っていなかったのだ。

それだけでなく、アレックスが見て見ぬふりをしてくれている、公言できない家庭事情を抱えているから、というのも理由のひとつとしてあった。

一ガーデナーでいたい。

それが目下のところ、ルカの唯一の望みなのだ。

「ルカ……！」

高い声が鼓膜に届いて首を巡《めぐ》らせる。

作業車に同乗してきた凜が手を振っている。その隣には、艶やかな黒髪の美少年……いや、美青年。

可憐《かれん》な野の花を思わせる、まるで少女のようだとルカは口許に苦い笑みを浮かべた。ひと言では言い表しがたい、さまざまな感情を含んだ微苦笑だ。

ベルリンゲルの館の前に広がる整形庭園とはまるで違う、自然の野山をそのまま移動させたかのような、素晴らしい風景式庭園が広がっていた。

領地内で物を運ぶのに使われている作業車の荷台から、景色が様変わりする過程を見ていた鈴音は、眼前に現れた庭園の規模と素晴らしさに驚嘆する。

古代ローマの風景画がもとになっているといわれる風景式庭園につきものの廃墟風の東屋《あずまや》は、まさしくピクチャレスクスタイルの最たるものだ。

「ふわ〜、いつの間にこんなのつくってたんだ？」

傍らで凜が感嘆の声を上げる。

昨日今日でできるものではない。年単位の管理と樹木の生育がなければ成り立たない庭園だ。

「これを、ルカが……」

すごい……と、鈴音は零れ落ちそうなほど大きな目を、さらに大きく見開いた。呆然《ぼうぜん》としたまま車を降りる。

乾燥した地中海性気候の土地にあって、まるで亜熱帯のような湿度を感じる。だが不快感はなく、瑞々しい植物と空の青とが、美しいコントラストをなしていた。

圧倒された気持ちでふらふらと庭園に足を踏み入れた鈴音の傍らにルカが立つ。そして、鈴音の視線の先にある植物を指して、「外来種なんだよ。種が飛ばないように注意しないといけないから、なかなか手間なんだ」と説明をした。外来植物が問題となっているのは、日本だけではないようだ。

「これは根で増えるタイプだから、種が飛んでどんどん増える心配はないですよね」

「さすがによく知ってるね」

鈴音の返答に満足げに応じて、それからニコリと微笑む。

「おかえり。本当に来たんだね」

日本の大学辞めちゃったの？　と目を丸くされて、鈴音は「はい」と頷いた。

「なかなか入れない大学だって聞いたよ？」

優秀なんだろう？　と言われて、鈴音は首を振った。

「そんなこと……」

将来に役立つことを学ぼうとしていた凛と違い、自分は家にどっぷりと浸かりたくなくて、四年の猶予《ゆうよ》のために選んだ大学進学だった。褒められたことではない。

「このお庭、ルカが？」

「ああ。まだ公開できる状態じゃないんだけど、だいぶかたちになってきたよ」

「これでも、まだ？」

ほったらかしで適当に育っているように見せかけてその実、この手の庭園は綿密に計算され、植物が管理されているのだ。わかりやすく手入れされた整形庭園よりも、ガーデナーのセンスが影響する。

「永遠に完成しないといえばそうだけど、でも頭のなかにある完成形までは持っていきたいからね」

おだやかではあるものの、ルカの言葉にはプロとしての自負が滲《にじ》んでいる。

ベルリンゲル家の資金を湯水のように使わせてもらうかわりに、いずれは資産として公開するためにつくっているのだ。つまりは、商品だ。完璧を求めるのは当然のことだ。

「でも、お茶するのはいいよね？」

話に割って入ってきたのは凜だった。

まだ公開できなくても、家人が使うのはいいだろう？　と言うのだ。

「だってここ、居心地いいもん」

乾燥した空気のシチリアにあって、自然な姿で植物が生《お》い茂《しげ》る庭園内は適度な湿度があって、まるで日本の初夏の心地《ここち》好《よ》さだ。凜の言うこともわかる。

「もちろん。このあたりなら、もうほとんど完成が近いですから」

自由にお使いくださいと、ルカは仕える者の口調で凜に応じた。凜がアレックスの伴侶として認められている証拠に思えて、鈴音は嬉しいような寂しいような、複雑な気持ちをまた覚えた。

「僕も、お手伝いしていいですか？」

ガーデナーの仕事を手伝いたいと申し出る。そもそも鈴音は、そのためにシチリアに来たのだ。

「ありがたいけど……綺麗な手が傷だらけになってしまうよ」

花器以上に重いものを持ったことがないのでは？　と指摘されてもしかたない。鈴音の細く白い指は、肉体労働に向かないものだ。

「大丈夫です！　僕、もっと植物のことを学びたいんです！」

お願いします！　と頭を下げる。ルカは困惑した様子だった。アグリツーリズモのほうでなら、鈴音にもできる仕事があるはずだと返される。

するると、傍らでふたりのやりとりを聞いていた凜が、ルカに進言をしてくれた。

「大丈夫！　こいつ、意外と根性あるから！」

だから自分からもお願いします！　と一緒に頭を下げてくれる。

「凜さんにそう言われては、断れませんね」

ルカが観念したように笑う。「そのかわり、特別扱いはしないよ」と言われて、鈴音は「大丈夫です！」と頷いた。

「仕事はおいおい教えるとして、まずは見てまわるといいよ。庭園だけでなく、菜園と果樹園もね」

「はい！」

今度はふたり同時に返事をした。

凛と顔を見合わせて、クスリと笑う。

「凛、ありがとう」

助け舟を出してくれて、と礼を言うと、「がんばれよ」と耳元に小声で返された。

「ルカの傍にいたいんだろ?」

押しまくれ! と小さくガッツポーズ。鈴音は「うん」と小さく頷いた。

そのあとは夕方までゆっくりと時間をかけて広い庭園を巡った。ルカの助言に従って、アグリツーリズモ併設の菜園と、エトナ山の火山灰地がはぐくむブラッドオレンジとレモンの果樹園も。

作業をしていたスタッフが、凛の顔を見て、摘みたてのブラッドオレンジとレモンを大量に分けてくれる。礼を言いながら、鈴音はそうしたスタッフたちに、あいさつをしてまわった。

ハーブ園では、夕食に使うハーブを摘んで帰った。シチリア料理には、季節ごとのハーブがふんだんに使われる。

ディナーは、鈴音の歓迎の場になった。

アグリツーリズモの農園レストランで、ルカと凛とアレックス、執事のドナッジオだけでなく、宿泊施設や農園のスタッフたち、ルカの下で働くガーデナーたちも集まっての、立食パーティが密かに準備されていたのだ。

農園で収穫された野菜と果物を中心に、港に揚がった新鮮な魚介類と、牧場で加工された生ハムやチーズ、ハウスワイン。

日本でも定着した感のあるイタリアンだが、しかし本場はやはり違う。収穫したての野菜を使うから味もフレッシュだし、意外にもウニが名物だったりもする。粉から練った生パスタにピザ、山盛りのサラダには自家採取のオリーブオイルをたっぷりと。

農園レストランのシェフの料理のみならず、アグリツーリズモで働くマンマたちによる家庭の味までもが大きなテーブルに並んで、アットホームなパーティとなった。

領地があまりに広いからだろう、散策していてもひととすれ違うことは少なくて、スタッフが一同に会すると、こんなに多くのひとがこの地で働いていたのかと驚かされる。これでも全員ではないそうだ。

「凜の友人で、これから皆の仲間として働くことになる、三沢鈴音くんだ。皆、よろしく頼む」

アレックスの乾杯のあいさつは堅苦しさが抜けなかったものの、その後は無礼講で、皆思う存分飲み食いする。欧米人の胃袋は日本人のそれとは違って強健で、食べる量も勢いもとんでもない。

日本と違い、成人年齢が十八歳のイタリアでは、鈴音も凜もアルコールを口にすることができる。丁寧に手づくりされたベルリンゲル家のハウスワインは、凜絶賛の逸品だ。

だというのに、凜以上に若く見える容姿がいけないのか、鈴音にワインを注いでくれようとするひとはいない。かわりに、「ブラッドオレンジジュースを飲むかい?」「スイーツもあるよ」などと、まるで子ども扱いだ。

凜はといえば、皿に料理を山のように盛って、子どものようにほおばっている。アレックスはというと、木陰のチェアに足を組んで座り、ワイングラスを傾けていた。傍らにはドナッジオ、足元にはブランカとジーノ。

スタッフたちが皆ふたりの関係を知っているわけではないようだから、こうした場では主と客人、という関係を保っているのだろう。

「ワイン、どうぞ」

「ルカ……」

ハウスワインのボトルを手にしたルカが傍らに立って、グラスを渡してくれる。「呑《の》みたかったんだろう?」と言われて、鈴音は顔を綻《ほころ》ばせた。

「どうも、子どもに悪いことを教えてるみたいだな」などと言いながらも、ルカはグラスにワインを注いでくれる。

「旦那さま自慢のワインだよ」

「美味しい……!」

ひと口呑んで、鈴音は感嘆を零した。凜が絶賛するわけだ。

「これが本物のワインの味なんですね」

薄められ、酸化防止剤を添加された、安物ワインとはまるで別物だ。この味を知ってしまったら、市販品は呑めなくなる。

大きなテーブルの周辺に配置されたガーデンテーブルに移動して腰を落ちつける。ルカが料理をとってきてくれた。

「お野菜の味が濃いですね。トマト美味しい！」

日本のトマトのように無駄に甘いわけでなく、自然なトマトの濃厚さだ。

「どれも自家農園でとれたものばかりだからね」

自家採種しているから、品種改良の施された野菜とはＤＮＡから違うのだと言う。花には詳しくても、植物全体に知識が及んでいないことを、鈴音は恥じた。ルカのもとで学ぶためには、ただ草花や樹木に詳しいだけではダメなのだ。

「お野菜やハーブのことも、勉強します」

「そう気負わなくても、ここで暮らすうちに自然と覚えるよ。毎日植物に触れていれば、いやでも、ね」

付け焼刃の知識より、生活に根付いたもののほうが身になると言われて、鈴音は大きく頷いた。

「はい！」

そして、ルカのグラスにもワインを注ぐ。乾杯をして、美味しいワインをゴクゴクと呑んだ。

「……鈴音くん？」

鈴音の呑みっぷりに、ルカが緑眼を丸める。

「ほんとーに美味しいですね！　このワイン！」

白い頬を赤く染めながら、鈴音はテンション高く言った。

「意外といけるクチかな？」

ルカが肩を竦《すく》める。その視線の先で、早々にダウンした凜がアレックスに抱き上げられるのが見えた。

料理をたらふく食べて、お気に入りのハウスワインをジュースのように呑んで、あっさりと目をまわしたようだ。

アレックスの腕に痩身を抱き上げられて、凜は甘えるように首に腕をまわし、逞《たくま》しい肩に頬をすり寄せる。そんな凜を大事そうに抱いて、アレックスはそっとひとの輪から抜けた。

「妬《や》ける？」

「……え？」

「親友をとられて、寂しいのかな、って思ったんだけど」

ルカの鋭い指摘に「少し」と返す。

「でも、嬉しいのも本当です。凛は、ずっとひとりでがんばっちゃってたから」

自分のような世間知らずでは、友人であってもまったく役立たずだった。それが心苦しかったけれど、結果的にアレックスとの出会いのきっかけをつくることになったのは、我ながらいい仕事をしたと思っている。

「旦那さまもお幸せそうだ。凛さんがいらっしゃるまでは、ワーカホリックも甚《はなは》だしかったからね」

「そうなんですか？」

ならよかった……と微笑む。そしてまたワインをぐびり。ルカの緑眼が密かな驚きに瞬いたけれど、鈴音は気づかなかった。

「ちょっと呑みすぎじゃないかな？」

大丈夫かい？　とルカが鈴音の肩に手を添える。それにドキリとさせられて、鈴音は「そうですか？」と、グラスに残ったワインを呑み干した。

「……大丈夫みたいです」

なんともないし……と傍らのルカを見上げてニッコリ。ルカの眉間に皺《しわ》が寄るのを、不思議な気持ちで見つめた。

その直後、ぐるんっと世界がまわった。

——……え？

「鈴音くん⁉」

ルカが驚いた様子で手を伸ばしてくる。

細身に見えて、意外にも逞しい胸に抱きとめられて、鈴音はぽわんっとルカを見上げた。

「あれ……？」

なんだか急に思考がふわふわしはじめて、足の感覚がない。

「あれ？　じゃないよ。呑みすぎだ」

呆《あき》れた声が落とされて、身体がふわり……と浮いた。

周囲を見渡し、おおいに食べ、おおいに呑む一同の盛り上がりぶりを見て苦笑する。「主《しゅ》賓《ひん》がいてもいなくても、もはや関係なさそうだ」と小さく肩を竦めて、さきほどのアレックスと同じように、そっとひとの輪から抜けた。

「ルカ……」

迷惑かけてごめんなさい……と鈴音はルカの胸元に縋《すが》った。どんどん眠くなってきて、もう何も考えられない。そういえば、日本とシチリアとでは、八時間の時差があるのだ。

「やっぱり、まだまだ子どもだな」

そんな呟きが落とされて、お酒が呑めるのだから子どもじゃない！　と返したかったけれど、もはや言葉は紡《つむ》がれなかった。

ルカの腕に抱き上げられて自室に運ばれるまでの間に、鈴音はすっかり眠りの淵《ふち》。

鈴音をベッドに寝かせたルカが去ろうとするのを引き止めるかのように、手をぎゅっと握って放さなかったのも、もちろん無意識の行動だった。

ゆえに、白い手に握られた自身の手を見て、ルカが何を思ったのかも、当然知る由のないことだ。

2

午前中は語学学校に通い、昼前には戻ってスタッフと一緒にランチをとり、午後からはアグリツーリズモや農園の仕事を手伝う、というのがベルリンゲル家滞在の約束だったはずだが……。

「おはようございます」

凜のあいさつに返してくれたのはアレックス。ドナッジオが「おはようございます」と椅子を引いてくれる。

凜と学校に行く気満々で起き出した鈴音は、凜がすっかりむくれた顔で朝食のテーブルについているのを見て首を傾げた。

「おはよう。よく眠れたかな」

「おはよう、凜」

「はよ」

あいさつもそこそこに、凜は大きなおむすびをほおばる。どういう我儘《わがまま》を言ったのか、凛の前には、清く正しい和朝食の盆があった。海苔《のり》の巻かれたおむすびに具沢山の味噌汁《みそしる》、卵焼き、ぬか漬け、湯気をたてる焙《ほう》じ茶《ちゃ》。

テーブル中央には瑞々しいフルーツの盛られた籠《かご》。傍らのワゴンには一流ホテル顔負けのブレックファストの準備がされているものの、凛は手をつけていない様子。

凛の向かいには、エスプレッソカップを傾けながら新聞を読むアレックス。彼の前にはエスプレッソカップのソーサーと、小さなデニッシュがひとつ載った皿があるだけだ。

「どうしたの？」

小声で尋ねても、むっつりと口を尖らせるだけ。

怪訝《けげん》に思うものの、「パンになさいますか？　和食になさいますか？」とドナッジオの声がかかって、鈴音はそちらに意識を向けた。

「あ、じゃあ、あれを……」

ワゴンの上を指差して言う。

「卵はいかがいたしましょう？」

「オムレツで」

プレーンがいいですと言うと、ドナッジオは「かしこまりました」と下がった。すぐにワゴンの上で調理がなされ、瑞々しいサラダが添えられた熱々のオムレツの皿が提供される。

焼きたてのフォカッチャと数種類のデニッシュは籠に盛られ、もちろん搾りたてのブラッドオレンジジュースも。

「凛？」

肘《ひじ》で小突いても、凛は不満たらたらの視線を向けるだけ。当然鈴音に向けた感情ではない。凛の不満は向かいに座るアレックスに対するものだ。

昨夜のパーティの席では、仲良さそうにしていたのに。酔い潰れた凛をアレックスが連れ出したあと、何かあったのだろうか。

凛の不満の理由は、朝食後に明らかになった。

「学校に行くんじゃ……？」

鈴音が大きな目をぱちくりさせたのも当然だ。「勉強の時間です」とドナッジオに連れられたのは、学校に向かう車ではなく、ベルリンゲルの館の一室だったのだから。

そこは歴史的価値の計り知れない書籍が天井まである書架いっぱいに詰め込まれた書斎で、客が通されることもあるようだが、主には家人の思索の場として用いられる。

凛と鈴音を待っていたのは、イタリア人の語学教師だった。「はじめまして」と流暢《りゅうちょう》な日本語であいさつをする。

「語学学校に行くはずだったよね？」

入学書類を書いた覚えがあるのだけれど……。

「アレックスの差し金だよ」

凜が吐き捨てる。

凜は、語学学校に通って、そこでできるだろう友だちと交流するのを楽しみにしていたのだが、館を離れることをアレックスがよしとしなかったのだ。

凜だけ残れと言ったところで聞くはずがない。そんな理由で、鈴音は煽《あお》りを食らうことになったらしい。

とはいえ鈴音は、ちゃんとイタリア語が学べれば、学校でも家庭教師でもどちらでもいいのだけれど……。それどころか、少しでもルカと一緒にいられる時間が長くなるなら、なんの文句もない。

アレックスが凜と鈴音のために用意してくれたのなら、目の前の家庭教師は優秀な人材に違いない。鈴音は「勉強はじめよう」と、宥《なだ》めるように凜の背を撫でた。

「鈴音……」

「それだけ愛されてるってことでしょう?」

鈴音には羨《うらや》ましい限りだ。「許してあげなよ」と言うと、「そんなこと言ったって」と凜はまだ納得のいかない様子。

「いっつもあいつの思いどおりにされて、全然俺の希望なんか通らないんだからっ」

学校くらい行かせてくれたっていいのに! と、ブツブツと文句を言い募りながら、凜は渋々のていで席についた。

どうやらアレックスは、凜が自分の知らない交友関係を持つことを許せないようだ。

それを狭量ととるか愛されているととるかはひとそれぞれだろうが、アグリツーリズモで働いているだけでも多くのひととの交流があるのだから、ここはアレックスに軍配といったところか。

鈴音も凜も、英語はそれなりに喋《しゃべ》れるが、イタリア語はガイドブックに載っているあいさつ程度だ。ベルリンゲル家が経営するアグリツーリズモは欧州や日本からの客が多いので英語だけでもなんとかなるけれど、農園のスタッフたちやルカのもとで働くガーデナーたちのなかにはイタリア語しか話せないひとも多いから、やはりイタリア語ができるにこしたことはない。

語学を習得したあと、凜はいずれアレックスの役に立つことを学ぶために、こちらで大学に進学し直したいと言っているし、鈴音はルカのもとでガーデニングを学びたい。それに必要なら、大学に入り直すのもひとつの手だと思っている。

そんな理由で、とにもかくにも、まずは語学習得が最優先。かといって座学だけでは限界があるから、働きながら周囲のひとたちとコミュニケーションをとって、身体で覚えよう、というわけだ。

「Cominciamo la lezione.（授業をはじめよう）」

のっけからイタリア語でスタートした授業は、さすがにアレックスが選んだ語学教師だけあって、楽しい上に覚えやすく、午前中はあっという間にすぎた。

「Grazie!（ありがとうございました）」

「Lei faceva un buon lavoro, a domani!――お疲れさまでした」

最後には日本語で応じてくれて、ふたりはホッと肩の力を抜く。

「もう、お腹ぺこぺこだよ～」

凛が伸びをしながら言う。

授業が楽しくてあっという間に時間がすぎたから、鈴音の気持ちとしては、ついさっき朝ごはんを食べたような気分なのだが、時計を見るとたしかにもう昼近い。驚いて、長い睫毛《まつげ》をパチクリさせてしまった。

「わ……、もうこんな時間なんだ……」

午前中に少しでもルカのところへ行って、それからランチかな……という気持ちでいたのだ。

凛はもうすぐにでも外に飛び出していきたい様子で教材を片付け、「着替えてくる！」と慌《あわ》ただしい。

「着替え？」

「だって、仕事手伝うんだからさ」

それなりの恰好《かっこう》をしないとと言われて、鈴音は自分の姿を見下ろした。カットソーにデニム――鈴音としてはかなりカジュアルなのだけれど……。やっぱりツナギとかサロペットとかじゃないとダメなのだろうか。

「部屋のクローゼットにいろいろ入ってるだろ？　使っていいよ」

アレックスがふたりのためにあれこれ用意してくれたと言われて、そういえばまだ部屋のクローゼットも開けていないことに気づいた。

昨夜は酔い潰れていつの間にか眠ってしまったようで、気づいたら部屋のベッドで寝ていたのだ。誰が運んでくれたのだろう。最後に見たのはルカの顔だったけれど……。

――まさかね。

それをたしかめたい気持ちもあって、授業が終わったらすぐに庭園に行ってみようと思っていたのだ。

着替えたあと、凜に連れられて、まずはアグリツーリズモへ。

アグリカルチャーとツーリズムというふたつの単語を合わせた造語であることからもわかるとおり、農作業を手伝いながら宿泊するところに意味がある。都会に住む欧米人たちに人気の余暇のすごし方のひとつだ。

「ランチは宿泊客もスタッフも一緒に、みんなでつくってみんなで食べるんだ」

凜が農園で働きたいと思った一番の理由がここにある。早くに家族を亡くした凜には、アットホームな雰囲気がたまらないのだろう。

鈴音も、どちらかといえばアットホームとは言いがたい食卓を常として育ったから、昨夜のパーティのような雰囲気は好きだ。

家族が揃っていようとも、膳《ぜん》を前に無言で口に運ぶ食事は、決して美味しいものではない。弟子や関係者が出入りするのもあって、食卓に家族が揃うことすら稀《まれ》だった。幼少のころは母と兄と三人のことが多かったし、最近は母とふたりが多かった。

アグリツーリズモの作業小屋近くの木陰に置かれた長いテーブルは立派な一枚板で、大木が育たないシチリアでは珍しいのではないだろうか。

凜が駆けていくと、昨夜の歓迎会にも参加してくれたスタッフの面々が出迎える。そして鈴音にも手を振ってくれた。

「昨夜大丈夫だった？」

ふたりとも酔い潰れちゃって！　と笑いながら肉厚な手でバシバシと背を叩《たた》くのは、古株のマンマだ。息子たちもベルリンゲル傘下の企業で働いていて、家族でアレックスの世話になっているのだという。

「凜ちゃんは早々にダウンだし、鈴音くんも調子よく呑んでたと思ったら！　ねぇ！」

ねぇ！　と肩を叩かれても、鈴音には意味がわからない。アレックスにお持ち帰りされた凜はともかく自分は？　何かしでかしたのだろうか？

「あの、僕……」

昨夜のことを訊こうとしたところで、マンマが鈴音の背後に向け手招きをする。

「ルカ！　早く来ないとなくなっちまうよ！」

振り返ると、ルカを先頭にガーデナーの面々が小走りにやってくるところだった。

「やあ、いい匂いだ」

豪勢だね……と目を瞠《みは》る。

「今日はお客さんも多いからね。凜ちゃんも鈴音くんも、午後からたっぷり働いてもらうわよ」

凜をテーブルへと促しながらマンマがウインクする。凜の隣に腰を下ろして、ルカが「鈴音くんは僕があずかるよ」と言った。

「少しでも早く仕事を覚えてほしいからね」

そう言われて、鈴音は大きく頷く。

だがマンマは胡乱《うろん》げに片眉を上げて、ふたりの間に顔を突っ込んできた。鈴音の二倍はありそうな腕を鈴音とルカの肩にまわして、ルカに向けて言う。

「悪さしなかっただろうね！」

昨夜の話だと察した。

「信用ないね」

酔って前後をなくした鈴音を部屋に運んだだけだよ、とルカが肩を竦める。やはり、酔っぱらった自分を介抱してくれたのはルカだったのだ。

何もしてないよ、とルカがホールドアップするかのように両手を軽く上げる。その緑眼をマンマがずいっと覗き込んだ。

「羊の皮をかぶった狼《おおかみ》が、一番性質《たち》が悪いんだよ」

完全に揶揄っている声音だ。

「酷いな」

ルカも軽く応じながら、ミネラルウォーターに手を伸ばし、まわってきた大きな皿からパスタを取り分ける。ついでに鈴音の皿にも。

山盛りのサラダとフルーツ、パスタにピザという定番メニューではあるものの、具材やソースは毎日変わる。スタッフのなかのマンマたちが各々自分の腕をふるうのだ。

「あの……昨夜はすみませんでした」

ルカを揶揄うだけ揶揄って満足したマンマが離れるのを待って、鈴音は隣のルカに小声で詫びた。

「あんなにワインを呑んだの、はじめてで……」

部屋まで運んでもらったみたいで……と昨夜言い損ねた礼を言う。

「二日酔いは大丈夫だった?」

「はい。それは全然」

気遣う言葉にぶんぶんと首を横に振ると、ルカは小さく笑って、「やっぱり存外に強いのかな」と鈴音のグラスにミネラルウォーターを注いだ。

「でも今日は、水にしておこう」

「はい」

午後からはハーブ園の植え替え作業をする予定だという。

「手伝います！」

手伝わせてください！　と勢い込むと、「じゃあ」とルカは料理を取り分けた皿を指差した。

「しっかり食べておかないとね」

休憩はないよ、と軽く脅されて、鈴音は慌ててフォークをとる。そして凜に負けない勢いで料理を口に運びはじめた。

「ちっこい身体でいい食べっぷりだなぁ」と、鈴音と凜を見やって、果樹園担当のスタッフが笑う。

その言葉に一同がどっと沸《わ》いて、鈴音はパスタを巻いたフォークを手にしたまま、凜はリスのように料理をほおばって頬を膨《ふく》らました顔を見合わせた。

ハーブ園は、ベルリンゲルの館とアグリツーリズモの農園レストランの厨房《ちゆうぼう》で使うためだけに管理されているわけではなく、ひとつの観光アイテムとして造園が施されている。

自家栽培ハーブを使ったハーブティーを楽しむことができるティーハウスの周囲一帯が、ハーブガーデンになっているのだ。

ハーブティーはもちろん、ハーブを使ったコスメやハーブソルトなどの調味料類も売っていて、もちろんそれらは全部スタッフたちの手作りだ。そうした商材に使う材料を確保するためには、広いハーブ園が必要になる。

雑草を抜かず、苗を植えるのではなく零れ種による実生に任せ、ごくごく自然な姿で栽培しているから、たいした管理は必要なさそうに思えるかもしれないが、客が足を踏み入れる一帯だけは手入れが必要だ。

担当を決められても何をしていいかわからない鈴音は、ルカの補佐という名目で、この日はずっと傍にいさせてもらうことができた。

「若い株は、生長点を摘んで、脇芽を出させるんだ」

まだ若いハーブが生い茂る一帯に足を踏み入れて、手入れの方法を教わる。

「摘んだ葉っぱは？」

捨てちゃうんですか？　と尋ねると、「あとでハーブティーにするんだよ」と返された。

だから丁寧に扱わなくてはならない。

「本当は自然な姿が一番いいんだけど、このあたりはお客さんが歩くからね。少し低めに整えるんだ」

「へぇ……」

なるほど……と頷いて、鈴音は作業に没頭した。単純な作業であっても、面積が広いがゆえにかなりの重労働だ。それでも、ハーブのすがすがしい香りに包まれていると、それだけで気持ちが安らぐ。疲れも感じにくいように思うのは気のせいだろうか。

芽を摘んだあとは、ハーブティーにするハーブの収穫を手伝った。花だけを選んで摘むのは、新芽を摘む以上に重労働だった。これを天日干ししてパッケージを施したものが客の手に渡るのだと思えばやりがいもある。

「ルカは、庭園だけでなくて、全部の作業を自分でするんですね」

ルカは若いながらベルリンゲル家のガーデナーを束ねる立場にある。ガーデンデザイナーとして、すべての指揮をとっているのだ。だから、細々とした作業はガーデナーたちに任せて、自分は指示だけ出していることだってできるのに、ルカはひとつひとつの作業にまったく手を抜かない。

「庭園もハーブ園も温室も、少しでも手を抜けば植物は応えてくれなくなる。誰かがやればいいというんじゃない。僕が率先して働かなくちゃ、ベテランのガーデナーたちは従ってくれないよ」

その返答に、鈴音は大きく頷いた。

「わかります。父も兄も似たようなことをいつも言っています」

華道の家元として君臨する父も、跡取りとして育てられた兄も、その立場に胡坐《あぐら》をかくことなく、常に下の者を気遣えと口癖のように言う。

兄に至っては、もう少し威厳があってもいいのではないかと、内弟子に心配されるほど、周囲に気を使うひとだ。

そんな話をすると、ルカはやさしい笑みを口許に浮かべて、鈴音の髪についた枯れ草をとってくれた。

「きみは、本当にいい環境で育てられたんだね」

本当の意味でのおぼっちゃまだ、と言われて、鈴音はちょっと口を尖らせた。

「世間知らず、って意味ですよね」

鈴音の拗ねた口調に、ルカが心外だと笑う。

「純粋だって意味だよ」

そうは言われても、俄《にわか》には信じがたい。

「……ルカ、目が笑ってる」

翡翠色の綺麗な瞳が愉快そうな色をたたえているのだ。

「そうかな？」

「そうです」

鈴音が言いきると、ルカは「じゃあ、そういうことにしておこうか」と逃げてしまう。ぽんぽんと宥めるように頭を撫でられて、子ども扱いにむくれた。でもルカには通じないようで、「次は温室だ」と仕事の話に戻ってしまう。

先を歩くルカを追いかけて傍らに並び、長身を見上げた。

「僕、凜と同じ歳なんですよ」

「……？　同級生だもんね」

それが？　と言わんばかりに怪訝そうな顔で問い返されてしまっては、その先がつづかない。

同じ歳の凜がアレックスと本気の誓約を交わして、おおっぴらにできないとはいえお嫁に行ったというのに、自分はまるで子ども扱いで相手にされていないなんて……。

「……なんでもないです」

「鈴音くん？」

いまの季節、温室の屋根は、明るいうちは解放されている。だからドアをくぐっても、むっとするような湿度は感じない。それでも外気より温度が高くて、さらに高温を必要とする植物が育てられている。

花殻《はながら》を摘んで、根の状態を確認し、必要に応じて植え替えを行う。花や観葉植物類には適《てき》宜《ぎ》肥料を与え、美しく育つように最善の環境を整えてやる。

「ここの花は、館内に飾ったり、パーティのときなんかに使ったりするんだ。外来種も多いけど、客人の国の花や植物でもてなすのも、ひとつの手だからね」

そういうときのために必要なのだと説明されて、温かいシチリアでも温室管理している理由を理解した。

「このポッドは？」

片隅の作業テーブルに黒い小さなポッドの並んだトレーが置かれていた。

「サボテンの種をまいたんだよ」

シチリアではサボテンの実を食べる習慣がある。

「たくさん実ればジャムにもできるし、蜂蜜を採取することもできるからね」

海沿いには多く見られるけれど、内陸の乾燥地帯で栽培する手もある。少し増やしてみようと考えているのだと説明された。

「ベルリンゲルの領地は水資源に恵まれているけれど、シチリアは慢性的に水不足なんだ。だから乾燥地帯でも育つ植物は貴重なんだよ」

内陸部の農家からの相談を受けているのだという。そういう仕事にもアレックスは鷹揚《おうよう》で、好きにやらせてもらっているとのことだった。

「すばらしいご当主ですね」

凜はいいひとに出会えたのだなぁ……と、改めて思う。

「やっぱり自分が来ればよかった、って思わなかった？」

ルカに軽い調子で揶揄《やゆ》されて、鈴音は「まさか」と首を振った。

「だって、僕は……っ」

凜を追いかけてシチリアに来て、はじめてルカの手掛けた庭園を目にしたときの感動は一生忘れられないものだ。

鈴音が幼いころから触れてきた華道の世界とはまるで違う、大規模でありながら繊細な、植物たちのつくり出す美の世界。

こんなものを生みだすのは自然だけかと思ったら、まだ若いガーデナーの手によるものだと聞いて驚いた。それがルカだったのだ。

才能に一目惚れした。

華道を否定するつもりはないけれど、もっと違う角度から花に触れてみたいと思った。

ルカのガーデニングの世界を知ることができたら、花への姿勢にも何かしらの違いが出てくるのではないかと思ったのだ。

だから、シチリアに来た。

凜がアレックスに嫁いでしまって、寂しかったからではない。

「素敵な雇用関係ですね。雇用って言っちゃうと、なんか味気ないですけど」

アレックスはそれほどにルカの才能を買っているのだ。

「自由にやらせてもらっているよ。恵まれていると思ってる」

ほかではこうはいかないと言う。

「このポッドに水をやって。向こうの発芽した株の植え替えも終わらせてしまおう」

「はい」

発芽して間もない、小さな小さなサボテンの小株を、これまた小さなポッドに植え替えをして、株数を増やす。ポッドのなかである程度の大きさまで育ててから、鉢植えにしたり、地植えにしたりするのだ。

細かな作業に没頭していたら、あっという間に日暮れ近い時間になっていた。

「ありがとう。助かったよ」

ひとりよりふたりのほうが作業効率がいいのは当然のことだが、話し相手がいるのはいいものだと言われて、鈴音は一日の疲れが吹き飛ぶ思いだった。

「汗をかいたね。ディナーの前にシャワーを浴びるといいよ」

ディナーはアレックスや凛と一緒にとるのだろう？　と言われて、鈴音は少し考えた。ふたりの邪魔にならないだろうか。

「ルカは？　夕食は、みんな一緒じゃないの？」

お昼のようにわいわいと楽しくすごさないのかと尋ねると、「それぞれの家庭もあるしね」と、言われてみればあたりまえの答え。就業時間を終えて皆帰宅するのだから当然だ。となると、ベルリンゲルの館に世話になる身の自分は、アレックスや凜と一緒にすごすよりないことになる。

——でも……。

凜はともかくアレックスは不満ではないのだろうか。

できるなら、もっとルカと一緒にいたいのだけれど……。

陽が暮れるころ、ガーデナーたちはもちろん、農園のスタッフたちも仕事を終える。陽が暮れたあとも交代で仕事につくのは、アグリツーリズモの宿泊施設のスタッフたちだ。

館に戻ると、ちょうど凜も農園から帰ってきたところだった。

「鈴音！　ズッキーニがこんなにとれたよ！」

ディナーに使ってもらおう！　と、籠を掲げて見せる。

「わー、すごい！」

瑞々しくて美味しそう！　と返すと、凜が「だろ？」と自慢げに応じた。

「夕食は、食べたいものをシェフに言うといいよ。結構なんでもつくってくれるから」

その日とれたもので臨機応変に調理してくれると嬉しそうに言う。

「僕も一緒でいいの？」

どうしようかと思ったものの、訊かないまま気兼ねしているよりはいいだろうと思い、尋ねた。凜は不思議そうに大きな目を瞬く。

「……？　なんで？　嫌か？」

イタリアンが嫌なら和食でもなんとかしてもらえるよ、と気遣われてしまって、鈴音は「そうじゃなくて……」と困った。

「その……邪魔じゃないのかな、って……」

朝食の席でも思ったのだけれど……と言うと、凜は白い頬をカッと朱に染めて、「ヘンな気ぃ遣うなよっ」と口早に言った。

「俺は、鈴音といられて嬉しいんだから」

アレックスのことなんて気にしなくていいと言う。

「あいつがなんか言っても、気にしなくていいからな！」

「う…ん」

裏表のない凜の言葉を疑うわけではないけれど、でもどうしても気が引ける。とはいえ、自炊できるようなスキルもない。

ディナーには、凜がもいできたズッキーニを使ったフリットとパスタがテーブルに並んだ。同じ食材でも調理法が違えばまるで別物として味わうことができる。

そのうち和食が恋しくなるのかもしれないけれど、とりあえずまだイタリアンを美味しいと感じられている。

　素材が新鮮で味付けが素朴だから飽きないのかもしれない。ファストフードにありがちな人工的な濃い味づけばかりなら、和食だって飽きるだろう。

「今日はズッキーニの収穫をしたあと、オリーブの瓶詰めをつくったんだ。鈴音は？　なにしてたんだ？」

「僕はルカのお手伝いを……ハーブ園でハーブを摘んで、それから温室でサボテンの小株をわけて……」

「ルカって、ホントに全部自分でやるんだな。コンテスト作品もつくらなきゃならないんだろ？」

　凜がアレックスに話を向ける。

「ひとも金も好きに使えばいいと言ってある」

　ルカに考えがあるのだろうと、まるで興味がないかのように返す。だがそれは信頼の裏返しに違いない。

「ルカが、自由にできてありがたいって言ってました」

　鈴音がそう言うと、アレックスは口許に笑みを刻んで、ワインを呑み干す。もしかすると照れているのだろうか。

「そうだ、鈴音。レストランの女の子たちが、華道教えてほしいって言ってたよ」

「僕に?」

「いま、どこも日本ブームだろ? 体験だけでいいみたいだからさ」

凜の言葉に「僕でよければいつでも」と頷くと、アレックスが言葉を添えた。

「ガーデナーたちを集めて講座を開くといい。彼らのためにもなる」

ルカには話しておくと言われて、ルカの邪魔にならないだろうかと不安が過《よぎ》る。けれど「ルカも興味があるはずだ」と言われて、ホッと胸を撫で下ろした。

日暮れとともに仕事が終わるから、いくらディナーをゆっくりととったところで、夜は長い。

書斎で勉強をしようかな……と思っていたら、凜はアレックスと一緒に早々に自室に消えてしまって、なんだか気が削《そ》がれてしまった。

広いバスタブを備えたバスルームでゆっくりと湯に浸かってもまだ時間が余って、鈴音は暇を持て余す。

どうしようか……と考えて、さきほどの話を理由に、ルカの部屋を訪ねてみようかと思いついた。

ルカはベルリンゲルの館に一室を与えられていて、つまりは住み込みで働いている。

執事室のドナッジオに尋ねたら、部屋はすぐにわかった。

ドアの前で躊躇《ためら》うことしばし、ええいっと気合を入れてノックした……ものの、軽い音しかしなくて、ノックし直すはめに。

けれど、いま一度ドアをノックする前に、「誰？」と室内から声がかかり、ドアが開かれた。

「鈴音……」

緑眼が見開かれ、思わず…といった様子で鈴音の名を口にする。いつもは「くん」付けだから、ちょっとドキリとした。

驚いた様子を見せたあと、気を取り直したルカが「何か？」と尋ねる。

「あの……」

鈴音が言い淀むと、ルカは「どうぞ」とドアを大きく開けて部屋に招き入れてくれた。

「散らかってるけど」という言葉とはうらはらに、室内は整然としていて、散らかっているといえるのは、大きなデスクの上に分厚い本や資料が無造作に積み上がっているくらいだ。

住み込みと聞いてイメージしていた部屋とはまるで違っていた。

広い書斎兼リビングにベッドルーム、バスルームとキッチンまであって驚く。ゲストルームを改修した部屋で、ルカをガーデナーとして雇うときに、アレックスが用意してくれたのだという。

こんなところからも、アレックスがいかにルカを買っているかがわかるというものだ。

デスクに積み上がっていたのは、どれも植物や造園関係の専門書で、ほかにデザインの本や色彩関係、気象、微生物についてのものまである。

パソコンのディスプレイには、建築の設計図のような図面が表示されていた。

「これ、コンテスト出品作ですか？」

「旦那さまに聞いたの？　まだ候補の段階だよ」

いくつか考えていることがあって、まだ絞り込んでいる途中だと言う。

「こんなふうに設計するんですね」

「やり方はひとそれぞれさ。一応図面を描いてはみるものの、いざとなったら全然違うものをつくってることもあるしね」

自然のものが相手なのだから、人工物のように自由自在にというわけにはいかない。

ハーブ園で摘んだものだというハーブティーを入れて出してくれる。

「夜だから、リラックスブレンドにしてみたよ」

黄金色の液体からは、やさしい甘い香りがした。レストラン併設のショップでは、単品ハーブも販売しているが、オリジナルブレンドのハーブティーも売っている。

「美味しい！　フレッシュのものもいいけど、ドライのハーブティーも美味しいですね」

「ハーブの効能は、凝縮されているぶん、ドライのほうが強いんだよ」

だからシチュエーションによって選ばなければいけないと言う。

「植物って奥深いですね。ただ見て綺麗なだけじゃなくて、育てる楽しみもあるし、口にすることで薬効もあるなんて」

季節の植物を活けることで表現される芸術をずっと追究してきたけれど、植物との触れ合い方はそれだけではないと、いま一度教えられた気分だ。

「鈴音くんは、華道の世界では、お師匠さんなんだろう？」

その歳ですごいね、と言われて、鈴音は「ええ、まぁ」と曖昧《あいまい》に頷いた。

「小さいころから、お華の世界しか知らなくて……だから、ルカの庭園を見たときに衝撃を受けたっていうか、うまく言えないけど、すごい！　って思って……、だから勉強したいんです！」

勢い込む鈴音に頷いて、空いたティーカップにティーポットから二煎目のハーブティーを注いでくれる。

「日本の華道や茶道は形式美だから、整形庭園のあり方に近いのかな」

ルカはそんなふうに話をはじめた。

「整形庭園と、対極にある風景式庭園と、どちらにも素晴らしさがあるんだ。一方だけを追究していては、見えないものがある」

ひとつの分野を追究するのも素晴らしいことだけれど、自分にはそれができないのだと言った。

「素晴らしいものは、あれもこれも知りたいんだよ」

「僕も……、シチリアに来てはじめてそう思いました」

それで……と、ディナーのときに凜に頼まれた話をしてみる。アレックスがガーデナーを集めて華道の講習を開いてはどうかと話していたと相談すると、ルカは「なかなか素敵な案だけど……」と思案のそぶりを見せた。

「安売りはいけないな。鈴音くんの肩書きなら、日本だったらちゃんとお弟子さんがとれるんだろう？　僕が少し考えるよ」

やるからにはちゃんとやろうと言われる。少しはルカの役に立てるのかもしれないと思ったら、自然と顔が綻んだ。

「これを飲み終わったら、部屋まで送るから」

「……え？　いえ……」

「もう？」という意味での反応だったのだが、ルカは別の意味に受け取ったらしい。

「館内といっても広いからね」

薄暗い場所もあるし迷わないとも限らないと言われて、鈴音は落胆を覚えた。もっと一緒にいたいのに……。

「もう少し、お話を聞いてもいいですか？」

「また明日にしよう」

もうこんな時間だし、初日からがんばりすぎる必要もないと諭《さと》される。

「……はい」

しゅんっと肩を落として、温《ぬる》くなったハーブティーを飲み干した。

部屋まで送られ、「おやすみなさい」と睫毛を伏せる。「おやすみ」と肩を押されて、また も落胆した。

おやすみのキスもないなんて……。

日本の習慣ではないけれど、でもルカはイタリア人だし、してくれるのではないかと期待していたのだ。

無情に閉まるドア。

「僕、そんなに魅力ないのかな……」

呟いて、どっぷりと落ち込む。

凛はどうやってアレックスに想いを伝えたのだろう。がんばれと言われても、どうがんばればいいのかさえわからないありさまだ。


深夜に書斎のドアをノックする者など限られている。

アレックスは書類にサインをする手を止めることなく「どうぞ」と応じた。案の定の訪問者——ルカだ。

「お邪魔をしては……と思ったのですが、よろしいのですか?」

ベッドのなかで凛を愛《め》でている時間かと思ったのに……と言われて、アレックスは好きで仕事をしているわけではないと返す。

「凛なら寝ている」

もちろん、存分に愛でたあとだ。ようするに、疲れきって寝落ちしたのだ。

「凛さんの体力には敬服します」

「主の寝室事情を覗きに来たわけではあるまい?」

「もちろん。こちらをお届けに」

ルカが、データをおさめたと思《おぼ》しきメディアを添えてデスクに滑らせたのは、凛も気にしていたガーデニングコンテスト出品作の資料だった。デザイン案だけでなく予算の計上書も添えられている。

ルカのこういうところを、アレックスは高く買っていた。どれほど才能があっても金勘定のできない男は使いものにならない。

「内容は任せる。資金もこの十倍までなら好きに使うといい」

「そんなバカバカしい予算をかけてつくるほどのサイズではありませんよ」

金をかければいいというものではないと返す。それは真に才能のある者だからこそ言えるセリフだ。才能のない者は、その穴埋めを金でするしかない。

「計上書以上には必要ありません。また吉報をお届けします」

柔和そうな外見に騙《だま》されてはいけない。ルカは存外としたたかで自信家で、頭のまわる食えないやつだ。

その本当の顔を、誰かれかまわず見せたりはしない。まさしく羊の皮をかぶっているわけだが、それはルカの出生がそうさせるのだろうとアレックスは踏んでいた。

「今日……いや、もう昨日か、私宛に届いた」

デスクの引き出しから封書を取り出し、ルカの前に滑らせる。

上質な白い封筒には、紋章の透かし。裏には封蠟《ふうろう》。封蠟には、透かし模様と同じ紋章が押されている。

「また、ですか」

呆れた口調で長嘆して、お手を煩《わずら》わせて申し訳ありませんとルカが頭を下げる。そして「無視してくださって結構ですよ」と肩を竦めた。

「私がどうこう言う問題ではないし、口を挟む気もないが、向こうは本気だぞ」

「そのようですね。でも自分はルカ・ヴィアネロ以外の何者になる気もありませんので」

親子の確執は、アレックスにも覚えがないわけではないが、ルカの事情はなかなか複雑だ。

封蠟に押された紋章は、この国においていまだに通用する権威の所在を示す――ベルリンゲル家と同じく、かつては爵位を持っていた北イタリアの名家のものだ。

アレックスがルカに投資するのは、純粋にガーデナーとしての才能を買っているからだ。その背景に何を抱えていようが関係ないと思っている。

だからずっと見て見ぬふりをし、気づいていてもあえて言及することはなかったのだが、ここにきて若干事情が変わってきた。

向こうから接触があれば、アレックスとしても完全に無視を通すわけにもいかない。知らぬ存ぜぬで通すには限界がある。

とはいえ、ルカ本人が現状維持を望むのであれば、それをかなえるのが主の務めだ。

「鈴音くんと式を挙げたらどうだ？　さすがに仰天して、連絡を寄こさなくなるかもしれないぞ」

「どこかの伯爵閣下じゃないんですから」

自分の物差しで語らないでくださいと呆れた顔で返される。

「僕は犯罪者にはなりたくありません」

「この国においては、ふたりとも成人だぞ。——まだ手を出してないのか？」

初対面からずいぶんと懐かれている様子だったのに？　と揶揄すると、「なにもしてませんよ」と、ますます呆れた口調で返された。

「気に入らんのか？」

「まさか。とても可愛い子ですよ」

「なら、いいではないか」

「簡単に言わないでください」

自分が年若い恋人とラヴラヴだからといって、他人を焚《た》きつけるなと眉間に皺を寄せる。

主に対して物おじしない態度も、アレックスがルカを気に入っている理由のひとつだ。

「凜さんがどうだったか知りませんが、彼のあれは、愛情とか恋情とかとは違いますよ」

恋する自分に憧れる子どもの錯覚だと言う。

親友をアレックスにとられて寂しくて、自分も……！　と意気込んでいるだけだ、と……。

「はたしてそうかな？」

アレックスが含みを持たせて言うと、ルカはいまひとたびの長嘆。

「あの歳で一生を決める覚悟があると？」

「凜はすべてを捨てて私のもとに来たぞ」

「凜さんは家庭と家族を求めていたからですよ」

天涯孤独の身の上だった凜と、代々続く名家に育ったおぼっちゃまの鈴音とでは事情が違うと言う。

「面倒から、逃げたいだけではないのか？」

突き返された白い封筒を指先でトントンとやりながら、アレックスの碧眼がルカの翡翠の瞳を見据える。

出生にまつわるあれこれも、鈴音の存在も、考えるのが嫌なだけではないのかと指摘する。

ルカは軽い態度を繕《つくろ》った。

「面倒を回避するのも、人生のひとつの手段では？」

真っ正面からぶつかるだけがすべてではないでしょう？　と皮肉った口調で言う。

「逃げるのと回避するのとは違う」

アレックスが即座に返すと、一瞬詰まったのち、「旦那さまに言われたくありませんが？」と、意図的に悪辣《あくらつ》な口調をつくった。

策略を巡らせて凛をシチリアまで呼び寄せながら、本気なのか揶揄っているだけなのか、わからない態度を当初とっていたアレックスを揶揄したのだ。自分だって、そう簡単に覚悟を決められたわけではないだろう？　と言うのだ。

「私は早々に腹を括《くく》った」

だから凛はいま、自分の手元にいる。

逃げられないように誓約という名の鎖《くさり》に繋《つな》いで、この腕に封じ込めた。この先何があっても手放すつもりはない。

「……そうでしたっけ？」

あとからならなんとでも言えますよね、とルカは取り合わない。

「どれほど立派な家に生まれようと、それで人生のすべてが満たされるわけではない」

それはルカが一番よくわかっていることではないのかと、言外に指摘する。鈴音が凛を追うようにこの地にやってきたのは、ずっと満たされないでいた何かが満たされる気配を感じ取ったからに違いないのだ。

そんな期待を自分に向けられても、それは重圧だとルカが感じるのはしょうがない。だからといって、感情を押さえつける必要はないはずだ。

「あの子は見た目以上に強いぞ」

虚勢を張って生きてきた凛よりずっと、根っこの部分はしっかりしている青年だ。ルカの心配は、きっと杞憂《きゆう》に終わる。

アレックスには予感があったが、これ以上口を挟んでもそれこそ野暮《やぼ》だと考えた。ここまでにしよう。

「これはあずかっておく。気が変わったら言うといい」

そう言って、白い封筒をもとあった引き出しに戻す。ルカは「ありがとうございます」と頭を下げ、そして部屋を出ていった。

デスクのパソコンをオフにしたところで、隣室のドアがそっと開く。そして愛しい白い顔が覗いた。

「アレックス……？」

素肌の肩にガウンをはおっただけの恰好で、凛が眠そうに目を擦《こす》っている。

「起こしてしまったか?」

「仕事?」

邪魔をするつもりはないのだと、寝室に戻ろうとする痩身を、ドアのところで抱き上げた。

「わ……っ」

「もう終わった」

そっとベッドに横たえ、口づける。その甘さに蕩《とろ》かされたかのように、凛はスーッと眠りに落ちた。

愛しい者を腕に抱いて眠る。この幸福から目を背けようなどと、なんと愚かな。

しかし、ああは言ったものの、覚悟を決めかねる気持ちもわかる。この身は、自分だけのものではない。家名を背負う者には、責任があるのだ。

つまりルカは、その責任から完全に目を背けているわけではない。そのあたりの腹が決まらないために、鈴音を持て余してしまうのだろう。

あるいは、鈴音の存在が、今後の彼の人生を変えるかもしれない。それはそれで面白いと、凛のやわらかな髪を撫でながら、アレックスは愉快な思いに囚われた。

主として才能を買っているのはもちろんだが、男兄弟のないアレックスにとって、ルカは弟のような存在でもある。その幸福を、願わないわけがない。

アレックスがルカのために用意してくれた部屋のデスクの片隅には、フォトスタンドが並んでいる。

ガーデナーの師匠である祖父と、別の雇い主のもとで同じくガーデナーとして働く父――育ての父。別の写真には、自分と同じ翡翠色の瞳を持った女性が、生まれたばかりの赤子を抱いて写っている。

母亡きあと、養父母――母の兄夫婦に引き取られて育った。ヴィアネロは、母方の姓だ。

自分の出生の秘密を知ったのはずいぶんと幼いころだったが、なんの感慨も持てなかった記憶だけが残っている。

ルカ・アンジェロ・ブレスゲン――それが実父から与えられた名前らしいが、名乗ったことはない。

ブレスゲン家の紋章にいかほどの価値があろうとも、ルカのかまうところではなかった。ましてや、いまさら連絡を寄こす実父の存在も、そのお家事情も、知ったことではない。

「逃げ、か……」

悪ぶった言葉を返してしまったが、アレックスの言うとおりだとわかっている。

祖父にも養父母にも充分に愛して育ててもらったけれど、本来負うべき背を見失って育った子には、愛情の意味が理解できないのかもしれない。

自分の心には、ぽっかりと抜け落ちた穴がある。

それを埋めたくて、愛情を注げば注いだだけ返してくれる、植物と触れていられる仕事を選んだのかもしれない。

そんなことを考える自分に嗤《わら》って、ルカは鈴音のために用意して、片付けないままテーブルの上に放置していたガラスのティーセットを見やった。

美味しい……と、白い顔を綻ばせていた。

純粋無垢《むく》すぎる花は、手折《たお》ることを躊躇わせる。傷つけてしまったら……と、恐れない者などいないはずだ。

3

ダイニングに飾る花を花瓶に活けてほしいと頼まれて、花園で摘んだ色とりどりの花を抱えて館に戻ったら、以前、凜のウエディングのときに顔を合わせた長身の女性の姿があった。

「あら？　凜ちゃんのお友だちの、鈴音ちゃんだったわよね？」

赤みを帯びた長い髪が印象的な美女は、ソフィア・ヴァレンティノという。アレックスの従姉妹にあたるひとだ。ベルリンゲル傘下の企業の幹部で、主にデザイン部門を任されていると聞いている。

凜がアレックスと式を挙げたとき、ウエディングドレスをデザインしたのも彼女だった。それだけでなく、挙式とパーティにかかわるすべてを取り仕切っていて、凜は彼女の着せ替え人形にされ、それは大変な思いをしたのだ。

結果的にアレックスはご満悦だったし、凜も幸せだからいいのだけれど、以来凜は彼女が若干苦手な様子だ。

「お、お久しぶりです」

凛から話を聞いているのもあって、鈴音も及び腰になる。

怯《おび》える仔ウサギを追い詰める女豹《めひょう》がごとく、ソフィアがずいっと身を寄せてくる。

「ふふ……凛ちゃんも可愛いけど、鈴音ちゃんも可愛いわねぇ」

綺麗にネイルの施された指先で鈴音のすべらかな頬をつついて、ニンマリと笑う。蛇《へび》に食われるハツカネズミの気持ちがわかった気がした。

「どう？　私のブランドでモデルやらない？　ティーンの女の子に大人気なのよ」

ティーン……？

それって、高校生くらいってこと？

鈴音の白い頬がヒクリ……と引《ひ》き攣《つ》る。女の子？　というポイントに至る前に、すでに思考は停滞していた。

「ぼ、僕、大学生…で……」

「大丈夫よ！　日本人は若く見えるもの、ローティーンで通るわ！」

ローティーン？

それは中学生ってことでは……。

「あ、あの……」

まさしく蛇に睨《にら》まれた蛙《かえる》状態で動けなくなっていた鈴音を救い出してくれたのは、様子を見にやってきたルカだった。

「ソフィアさん、年頃の男の子相手にローティーンの女の子扱いは失礼ですよ」

いくら鈴音が可愛くても……と、笑うルカもソフィアに同調しているようなものだが、一応は助け舟を出してくれているつもりらしい。

「あら、そう？　褒め言葉のつもりだけど」

可愛い子を可愛いと言って何がいけないの？　と開き直る。足元に置いてあった大きなバッグをごそごそと漁《あさ》って取り出したものを、鈴音にあてがってみせた。

それは、いわゆるゴスロリ――ゴシック・アンド・ロリータと呼ばれるファッションアイテムだった。なんだかやけに生地のたっぷりしたスカート？　ワンピース？　鈴音にはそれすら判別がつかない。

「たしかに似合いそうだけど、やめておいたほうがいいですよ。旦那さまに見つかったら、ただじゃすみませんよ」

アレックスの名を出すと、ソフィアは面白くなさそうに肩を竦めた。「あの腹黒は敵にまわしたくないわね」などと吐き捨てる。

鈴音的に聞き流せない言葉だったが、どういう意味かと問える空気ではなかった。凜の身が心配になってくるではないか。

「あなたがモデルになってくれるなら、それでもいいわよ？」

懲《こ》りないソフィアは、メンズのカジュアルブランドもあるわよ、などと今度はルカに話を向ける。

「ご遠慮申し上げます。私は一ガーデナーですから」

その返答を聞いて、ソフィアは「ふうん？」と含みのある表情で口許に笑みを刻んだ。

「ま、いいけど」

とても納得したとは言いがたい口調でそれでも引いて、かわりにソフィアは別の提案を持ちかける。

「じゃあ、今度デートしてちょうだい」

いいお店を見つけたの、とルカの肩に手を添える。そして身体をすり寄せた。鈴音は思わず目を背けてしまう。

だが、ルカが「いいですよ」と軽く返すのを聞き、驚いて顔を向けた。声こそ出さなかったものの、大きな目をさらに大きく見開いて、ルカとソフィアを見やる。

「旦那さまでなくてよろしいのですか？」

「他人のものになっちゃった男になんか興味ないわよ」

あんまりラヴラヴでバカバカしいったら！　と呆れ顔。

「今日だって、ちょっと凜ちゃんと話してただけなのに、あいつったら嫉妬《しっと》剝《む》き出しで！　喋るな、離れろ、ですって」

ああ、嫌だ！　と赤い髪を搔《か》き上げる。

「寂しい者同士、いいでしょ？」

「そんなことを言って、若い恋人をとっかえひっかえだと聞いてますよ」

「誰？　そんなこと言うの。アレックスね！　口が悪いんだからっ」

快活な表情、妖艶な仕種、大きくウエーブした赤毛に薄いグリーンの瞳。出るところは出て締まるところは締まったボディラインは、大人の女性の魅力にあふれている。

ルカに絡むソフィアから目が離せないままに、鈴音は立ち尽くす。

――大人の女性、って感じ……。

綺麗なひとだな……と、初対面ではないものの、改めて見惚《みと》れた。

ルカは、ソフィアのような女性が好みなのだろうか。だとしたら、自分などまるで対極だ。性別はさておくとしても、貧弱でローティーン扱いされる童顔で、とてもではないが恋愛対象にはならない。

「花、早くしないと萎《しお》れるよ」

「え？　あ、はいっ」

ルカに指摘されて、慌ててその場に背を向けた。

背後を気にしつつ、ドナッジオに用意してもらった花器に花を活けるべくダイニングへ。

ルカとソフィアの姿が目に焼きついて離れなくて、気もそぞろに花を活けていたら、酷い仕上がりになってしまった。華道家として許容できない。

「ダメダメっ」

こんなんじゃ、父にも兄にも顔向けできない。

気を取り直して、最初から活け直すことにする。精神を集中させて、花と花器と対話しながら活ける。

日本で活けるのとは、まるで花の雰囲気が違うけれど、でも花を愛でる気持ちは同じだ。

そして、生花を扱う心構えも……。自然を切りとって、自然の姿を写し取る。矛盾のなかに生まれる形式美。

二度目は、満足のいく仕上がりになった。

「ほう……これはまた素晴らしい！」

大ぶりな生け花を見て、ドナッジオが感嘆を零す。

自分が活けた花で誰かが喜んでくれるのなら、これ以上嬉しいことはない。

ルカがやってきて、鈴音の活けた花を見て、「すごいね」と感嘆を零した。ドナッジオと「次のパーティは鈴音くんにお願いしたらいいいんじゃないですか？」「そういたしましょう」と言葉を交わす。

「ソフィアさまは？」

「旦那さまのところに行かれました。遅くなって凜さんとの時間を邪魔すると、怒られますからね。仕事の話だけして早々に退散するとおっしゃってましたよ」

「さようでしたか」

では私はお茶の用意をしてまいります、とドナッジオが厨房に消えて、広いダイニングにふたり残される。

「旦那さまに言って、ちゃんと仕事としてやらせてもらおう」

ルカが鈴音の作品をいま一度眺めて言う。「え?」と意味を問うと、鈴音に視線を落とした。

「花。きみの技術は、サービスで頼まれていいレベルのものじゃない。ちゃんと報酬をもらうべきだ」

一般家庭に飾る花を活けるのとはわけが違う。ベルリンゲル家のダイニングに飾って栄える花ともなれば、それなりの大きさになるし、労力もかかる。

「そんな……アレックスさんにはお世話になってますし……」

「それとこれとは話が別だ。言ったろう? 安売りしちゃいけないって」

僕から話をしておくよ、と言われて、鈴音は「ありがとうございます」と頭を下げた。ルカに認めてもらえたのが素直に嬉しい。

「あの……お夕食、ルカと一緒じゃダメですか?」

話のついでを装って、持ちかけてみる。ルカはすぐに申し出の意図を察してくれた。

「ふたりにあてられる?」

「いえ、その……まぁ」

凜とアレックスの邪魔をしているようで居心地が悪いのかと訊かれて、そうだと頷くわけにもいかず、鈴音は曖昧に返す。

するとルカは、

「僕はいいけど、凜さんが気にするんじゃないかな?」

鈴音に気を遣わせてしまったと凜が気に病むかもしれないと言われて、鈴音は「あ……」と顔を上げた。

凜はきっと鈴音と一緒にいたいと思っているはずだから、と言われて、それは自分もそうだと思い直す。

「ちゃんと話してごらん」

凜と話をして、どうするか決めるといいと助言されて、鈴音は素直に頷いた。

「はい……」

その頭に、ぽんっと大きな手がのせられる。

やっぱり子ども扱いなのだなぁ……と、鈴音は少し悔しい気持ちで、そっと唇を噛んだ。

仲良しの凜にはアレックスという大人の恋人がいるのに。自分はアレックスより若いルカに完全に子ども扱いされているのだ。

この日のディナーは、凜が牧場でつくった山羊ミルクのカッテージチーズをふんだんに使った地中海風サラダとラザニアだった。

朝食はともかく、やっぱりディナーは別々にとったほうがいいような気がする。あとで話をしようと決めて、料理を黙々と口に運んだ。

料理が美味しいのはもちろんだが、働いているせいだろうか、日本にいたときより食べる量が増えている。もう少し成長して子どもっぽい体型を脱却できたら、ルカの見る目も変わるかもしれない。


夜、凜がアレックスと寝室に入ってしまう前に……と思い、ディナーを終えていったん部屋に戻ったあと、鈴音は早々に凜の部屋を訪ねた。

凜の部屋といっても、アレックスの部屋と繋がっていて、そちらですごすことのほうが多いと聞いている。だから部屋のドアをノックして、返答がないようだったらまた明日にしようと思っていた。

博物館クラスの美術品が展示された廊下を進むと、一際大きなドアが並ぶ一角に出る。家人のための空間だ。

ドアの数を数えて、間違いなく凜の部屋であることをたしかめ、ノックをしようとドアノッカーのハンドルに手を伸ばしかけて、その途中で止まった。

——……？

よく見ると、ドアが少し開いている。そしてなかからひとの気配。

凜がいるのだと思った鈴音は、様子を見ようと隙間《すきま》から顔を覗かせた。

「凜？　いる？」

話があるんだけど……と、そっと扉を押す。重厚なドアは重くて、軽く押した程度では少ししか動かなかった。

その隙間から顔を半分ほど覗かせる。

室内に凜の姿を探して視線を巡らせて……一往復する前に、窓の近くに置かれたソファの上に動くひとの姿を認めた。

「り……」

声をかけ、ドアを大きく開けようとしたところで、声を呑み込んだ。凜ひとりではないことに気づいたためだ。

——……っ⁉

たしかに窓の近くのソファの上に凜の姿があった。だが凜は、ソファに腰かけて天井まである窓越しに眺められる月を見上げているわけではなかった。

アレックスの膝《ひざ》に座っていたのだ。

けている。

座っているというか、対面に抱き合うような恰好で膝を跨《また》いで、アレックスに身体をあずけている。

恋人同士の抱擁《ほうよう》、しかも親友のものを目撃してしまった凜は、そういった経験が皆無なのもあって、驚きのあまり固まった。

しかも、ふたりはただ抱き合っているわけではなかった。

アレックスの腕が凜の痩身を支え、凜は完全にアレックスに体重をあずけきっている。その状態で、ふたりは情熱的な口づけを交わしていた。

やがてアレックスの手が凜の背を滑り、シャツのなかへと這わされる。凜の背がビクリと跳ねて、「やめ……っ」と小さな抵抗の声が上がった。

「アレックス……っ、やめろってばっ」

だがアレックスの手は止まらず、凜の背を伝い落ちて、ゆるめのウエストから侵入を果たす。

凜の白い臀部《でんぶ》が半ばほど露《あら》わになった。そこを、アレックスの手が這う。同時に、はだけられた胸元をアレックスの唇が探って、凜の口から甘ったるい声が零れた。

「や……ぁっ！　なんで……っ」

「ん？」

肩に爪を立てる凜を、アレックスが口づけで宥める。

「ベッドですりゃいいだろっ、ここじゃ……っ」

「心配することはない。ちゃんとベッドでも愛してやる」

「そういうこと言ってんじゃ……、あぁ…んんっ！」

凛の臀部を探るアレックスの手が深く射し込まれたかと思ったら、凛の背がビクリと跳ねた。

「あ……ぁっ」

腰が揺れ、声に孕《はら》む甘さが増す。

「ダメだと言いながら、ここは物欲しそうに潤んでいるぞ」

凛の耳朶《じだ》にアレックスが囁《ささや》く。そんな声も、周囲が静かであるがゆえに、ドアからうかがう鈴音に丸聞こえだ。

「や……っ、いじっちゃ……っ」

ダメぇ……と最後の声が掠《かす》れた。

アレックスが凛の後孔《こうこう》を嬲《なぶ》っているのだと、理解したときには、鈴音は完全に硬直して、その場から動けなくなっていた。

凛に申し訳ないと思うものの、もはや目が離せない。

「や……っ」

小さな悲鳴とともに、アレックスの手が凛の臀部を離れる。凛は痩身を痙攣《けいれん》させて、アレックスの胸にくずおれた。

――……凜？

いったいどうしたのか？　と思っていると、アレックスの手が素早く凜の着衣を剝《は》ぎとり、下半身を剝き出しにしてしまう。白い太腿《ふともも》が白濁した体液に汚れていた。その生々しさに鈴音は目を瞠る。

今度はハッキリと、アレックスの長い指が凜のその場所を嬲る様子がわかった。凜は甘い声を上げて、アレックスに縋っている。

「ひ……っ、あ……ぁっ！」

指に嬲られて、凜の痩身が戦慄《わなな》いた。

「も……、やだ……っ」

濡《ぬ》れきった甘い声が涙に噎《むせ》いでいる。だが当然、苛《いじ》められて泣いているわけではないことは、鈴音にもわかった。

感じ入った声で、凜はアレックスの愛撫を受け入れている。そして、もっととねだるように腰を揺らした。

「ん？　どうしたい？」

「……意地悪っ」

「教えただろう？　欲しいときはどうするのか」

凛の拳《こぶし》がアレックスの肩を叩いた。しかし、大した力は込められていない。力が入らないのだろう。

「ほし……い、アレックスの……奥に……」

アレックスの首に縋って、凛が荒い呼吸に喘《あえ》ぎながら訴える。アレックスの腕が凛の背を撫でた。

「ベッドへ行こうか？」

「ここ…で、い……」

「嫌だったのではなかったか？」

ここでするのは嫌だと最初に拒んだではないかと、アレックスが意地悪く言う。耳朶を擽るように唇を寄せ、喘ぐ凛の表情を間近にうかがいながら。

凛の大きな瞳にじわっと涙が滲んで、ゆるく握った拳がいま一度アレックスの肩を打つ。

「……っ、嫌いだっ、アレックスなんか……っ」

意地悪ばっかり！　と半泣きの声が訴えた。気丈な凛が泣く姿を見たのは、凛を追ってシチリアに来たとき以来だ。あのときは、アレックスに想いが通じていないと勘違いして、凛は泣いた。けれどいまは、アレックスに愛されて、感極まって泣いている。

凛に甘く罵《ののし》られて、アレックスが留飲《りゅういん》を下げる。なのにまた意地悪い言葉。

「ほう？　そうか、それは残念だ。私はこんなに愛しているのに」

凜は私が嫌いなのだな……と碧眼に間近に責められて、凜は口を尖らせた。大きな瞳が拗ねた色を滲ませる。

「……嘘。大好き」

アレックスの首にぎゅっと縋って、凜の消え入りそうな声が愛を囁いた。

「いい子だ」

満足げな声で返して、アレックスの大きな手が凜の背を撫でる。うなじに口づけ、そして……。

「ひ……ぁっ！――……っ！」

凜の背が撓《しな》って、一際高い声が上がった。アレックスに下から穿《うが》たれて、凜が満足の声を上げたのだ。

跳ねる腰を、アレックスの大きな手がしっかりと摑んでいる。肌に指先が食い込むさますら生々しい。

「あぁ……っ！　あ……んんっ！　ひ……っ」

痩身が揺れ、先まで以上に甘い声が上がる。

――嘘……どうしよう……っ。

もっと早くに立ち去るべきだったといまさら思っても遅い。

親友の情事を覗き見てしまった罪悪感と、それ以上に目にした光景の衝撃の強さが、鈴音

の思考回路を完全にショートさせ、四肢から感覚を奪っていた。

幼稚舎から共学育ちだが、鈴音の容姿では女の子たちに異性として見てもらえず、恋愛経験は皆無といっていい。

男子の輪より女子の輪のなかにいることのほうが多かったものの、完全にペット扱いで、買い物やカフェに同席していると、男子がひとり交じっているのに気づいてもらえないことも多かったほどだ。

興味がないわけではなかったが、思春期真っただ中の同級生たちのように異性への興味をみなぎらせることもなく、鈴音は大学生になってしまった。

だから、経験はおろか知識すら不足していて、ふたりが何をしているのかわからないわけではないものの、ただただパニック状態だった。

凜が泣いている。でも嫌がっているわけではない。むしろ……。

そんなことを考えたら、カッと頭に血が昇った。

アレックスに愛される凜の姿に衝撃を受けて、何も考えられないまま、覗き行為をつづけてしまう。どうしようどうしようと、胸の内に動揺は広がるのに、身体が動かないのだ。

「……っ⁉」

ふいにポンっと肩を叩かれて悲鳴を上げそうになった。その口を、大きな手に塞《ふさ》がれる。

「しっ」

硬直した鈴音の身体を背後から支える長身。耳朶に落とされる声はルカのものだ。

「まったく旦那さまも……、いい歳をして時と場所を選ばないんだから」

困ったものだね、と潜めた声で言う。

「いくら凜さんが可愛いからって、あんな――」

何か言いかけて腕のなかで固まったままの鈴音に視線を落とし、苦笑気味に言葉を切る。

「おいで」

肩を抱かれ、動かない足を引きずるようにして、その場から引き離された。呆然としたまま、自室に送り届けられる。

鈴音にあてがわれた部屋は、鈴音の身代わりとして凜がシチリアに来たときにわざわざ用意された特別仕様の一室だ。

華道をたしなむ鈴音のための和室まであって、アレックスのこだわりがうかがえる。

挙式後、凜がアレックスの部屋に移ったため、この部屋が鈴音に与えられたのだ。そもそもは鈴音仕様の部屋だから、それが一番いいだろうと凜も納得してくれた。

広い部屋の一角に設けられた畳の間にそっと座らされて、鈴音はようやく肩で息をつく。

呼吸すら忘れていたかのように、どっと肺に酸素が送り込まれて、咳《せ》き込んでしまった。

「大丈夫かい？」

「す、すみませ……」

ルカが背中を撫でてくれる。

そうしたら、凜の背を這っていたアレックスの手の動きを思い出してしまって、鈴音はビクリと背を震わせた。

それを察したかのように、ルカの手が離れる。嫌だったわけではない鈴音は、喪失感に襲われた。

「あ……」

そんなつもりじゃ……と言う前に、ルカが「何か飲むかい？」と気遣う。

呼び鈴を鳴らすだけで大概の希望がかなえられる館だけれど、そういう生活に慣れない凜を気遣ったのか、この部屋にはお茶くらいなら自分で淹れられる設備がある。アレックスは最初から鈴音ではなく凜を迎える気でいたから、鈴音のふりをした凜が困らないように配慮がなされているのだ。

あまり気にしていなかったものの、気づいてしまうと、この部屋のつくりにもアレックスが凜に向ける愛情の深さを感じてしまって、居心地が悪くなる。

「まだまだ蜜月だからね、今度から気をつけようね」

そう言ってルカが出してくれたのは日本茶だった。コーヒーや紅茶より、鈴音にとってはホッとできる香り。その気遣いに感謝して、熱い煎茶をいただく。

「よくわからないから適当に淹れちゃったけど、よかったかな？」

日本人ほど熱いものを飲み食いしない欧米の習慣が功を奏したのか、沸騰したての湯ではなく低めの温度で淹れられた緑茶は、ほどよい苦味と香りだった。

「ありがとうございます。美味しいです」

畳の上でいただく日本茶は格別の味わいで、鈴音の気持ちを落ちつかせてくれる。カフェインの強い緑茶の効能的には本来覚醒作用のほうが強いはずだが、これはもう文化的習慣からくる気持ちの上での効果だ。ようは、幼いころからの慣れ。

二煎目をおかわりして、ようやくホッと肩の力を抜く。正直言えば、このまま畳の上にくずおれてしまいたかった。

「ちょっと、ショックだったかな?」

ルカの指摘に、「少し……」と頷く。鈴音を気遣いながらも、ルカは「旦那さまが凜さんを大切になさっているのは本当だから」と言葉を添えた。

「それは、もちろん……」

あれを見て、凜が苛められていると誤解するほどには、子どもではない。

凜は愛されている。そして凜も、身体中でアレックスへの想いを表現していた。

あの気丈な凜が、アレックスには無条件で甘えていた。言葉で嫌だダメだと言ったところで、全身で求めているのだからアレックスにとっては僥倖《ぎょうこう》以外のなにものでもないだろう。

俯《うつむ》いたまま言葉をなくしてしまった鈴音に、ルカが手を伸ばす。頭にそっと置かれた手に、鈴音は必要以上に驚いてしまった。

「あ……」

手にしていた湯呑みを落とし、底に残っていた煎茶が畳を濡らす。

「す、すみませんっ」

慌てて拭くものを探す鈴音を、ルカが「大丈夫だから」と制した。肩に手を伸ばしかけて、途中で止める。また鈴音を驚かせてはいけないと思ったのだろう。

だが実のところ、鈴音の本音は別のところにあった。

凛とアレックスの情事を盗み見てしまった衝撃で過敏になっているのは間違いないのだが、それ以上に心を占めていたのは、自分も……という想いだった。

自分も、凛のように愛されたい、触れられてみたい、と思っていたのだ。

はじめはただただ衝撃で、ビックリして、思考回路を停滞させていただけだったのだけれど、ルカが淹れてくれた煎茶を口にしてホッとしたら、今度は別の想いが湧《わ》きあがってきた。

凛を羨《うらや》む気持ち。

だから、ルカに触れられて、過剰に反応してしまったのだ。

嫌だったわけではない。単純に驚いただけでもない。ドキリと心臓が跳ねて、血流が早まり、身体の芯が熱くなった。こんな感覚ははじめてだ。

鈴音が倒した湯呑みを手早く片付けて、ルカが「今日は早めに休むといいよ」と部屋を出ていこうとする。

「……え？」

その背を慌てて追いかけた。

ドアのところで、ドアノブを掴む手をようやく引き止める。

「鈴音くん？」

どうしたの？　と怪訝そうな視線を落とされる。

「あの……っ」

何をどう言っていいのかわからなくて、鈴音は舌をもつれさせた。言葉がうまく出てこない。

そんな鈴音の様子に小さな笑みを落として、ルカがさきほど以上に慎重な様子で手を伸ばす。

頭をぽんぽんとされて、今度は逃げなかった。そのかわりに訴える瞳でルカを見上げた。

もっと一緒にいてほしかった。けれど、懸命の訴えはルカに通じなかった。

「おやすみ」

短い言葉を残して、ドアが閉められる。鈴音は落胆のため息をついて、ドアの前に立ち尽くした。

その夜、鈴音は夢を見た。

覗き見てしまった凜とアレックスの情事を、自分とルカに置き替えた夢だ。

でもシチュエーションは若干違っていた。あの畳の間で、湯呑みを倒した鈴音の手にルカの手が重ねられて、そのまま押し倒される。

『鈴音』

ルカはやさしく囁いて、口づけてくれる。鈴音は凜がそうしていたようにルカの背にぎゅっと縋って口づけを受け入れる。

なぜか鈴音は着物を着ていて、ルカの手が裾《すそ》を割って侵入してくる。アレックスが凜にしていたように、ルカの指が鈴音のいけない場所を暴こうと伸ばされる。

未知の感覚だというのに、気持ちいいと感じる。何をどうされるのかわかっていないためか、曖昧な感覚だけが全身を覆う。

ルカの身体がおおいかぶさってくる。

鈴音は手を伸ばして、ルカを受け入れる。

『あぁ……っ』

ただただ心地好くて、鈴音は甘ったるい声を上げた。

そこで、ハッと目が覚めた。

全身にぐっしょりと汗をかいて寝ていた。飛び起きて、それに気づく。

外はまだ真っ暗で、深夜であることを教えていた。

「僕……」

身体が熱い。何も知らない子どもではないのだから、当然覚えのある熱さだ。けれどこんなふうに持て余した経験は過去にない。

パジャマのなかで、身体が昂《たかぶ》っている。

いやらしい夢を見て興奮してしまったのだと思ったら、猛烈な羞恥《しゅうち》が襲った。誰に知られるわけでもないのに、恥ずかしくてたまらない。

「ど、どうしよう……っ」

半泣きで己の身体を抱きしめる。膝頭を擦り合わせてじっとしていても、熱はおさまらなかった。それどころか、夢の内容を反芻《はんすう》してしまって、二進《にっち》も三進《さっち》もいかなくなる。

「ごめんなさい……ごめんなさい……」

こんなエッチな夢を見ちゃって……と泣きながら、パジャマのなかにそっと手を滑らせた。

幼さの残る欲望が、これまで経験のないほどに昂って、しとどに蜜を零している。そっと触れたら電流のような感覚が襲って、腰が跳ねた。

「あぁ…んっ！」

甘い声があふれて驚き、唇を噛む。

「ふ……うっ」

恐る恐る指を動かしたら、たまらない快感が襲った。

「あ……ぁっ、……っ！」

あっという間に白濁を吐き出して、跳ねる腰を押さえつけるように、その場所をぎゅっと握り込む。手のなかで、幼い欲望がビクビクと跳ねた。

「……え？　なんで……？」

驚いたのは、放ったはずの欲望がおさまらなかったから。

生理現象なら、一度出せばそれで落ちつく。なのにいまは、そこが疼《うず》いて疼いてたまらない。もっと強い刺激が欲しくなる。

「う…そ……」

恐怖と羞恥に駆られながらも、凜はいま一度指を蠢《うごめ》かす。滑りのよくなったそこに絡めて、しごいた。

「う……んんっ、……っ」

二度目は簡単にはいかなかった。痛いほどにしごいても、なかなか頂に届かない。

「ど……しよ……」

泣きじゃくりながら、自慰に耽《ふけ》った。

アレックスの手に翻弄《ほんろう》されていた凜の姿が脳裏を過る。アレックスの手は、凜の臀部を探っていて……。

「……っ⁉」

アレックスをルカに置き替えて、ルカの手が自分の恥ずかしい場所を探る光景を想像したら、前ではなく、もっと奥がゾクリと疼いた。その感覚を理解できないままに、鈴音はようやく頂を見る。

そして、疲れきったまま、意識を混濁させた。

翌朝、気だるい身体を引きずるようにしてベッドを這い出て、鏡に自分の姿を映し、昨夜自分が何をしたかを思い出した。そして全身を真っ赤に染めて、その場にくずおれた。

恥ずかしくて恥ずかしくて死にそうだと思った。

凜はどうやってこんな恥ずかしさに耐えていられるのか、不思議に思うほどだった。

4

館の前面に広がる整形庭園は、フランスの宮殿などにもよく見られる幾何学模様が特徴的だ。その管理こそ、日々の手入れの積み重ね。少しでも手を抜けば、かたちが崩れてしまう。樹木に鋏《はさみ》を入れられるようになるまでには修業が必要だ。

ルカに連れられて、鈴音は職人の仕事ぶりを見学した。できる手伝いといえば、切られた樹木の枝を片付けることくらい。肉体労働だが、仕事というのはこうした雑務から覚えていくものだ。

美しく刈り込まれていく植木。自然な姿ではないけれど、究極の様式美がある。それはそれで称えられるべきものだ。

「図面とか、見ないで刈り込んでいくんですね」

鈴音の目の前で、職人の手によって一本の木が動物の姿を模《かたど》っていく。これはウサギだ。

「枝ぶりや葉つきにもよるからね」

図面を引いたところで、そのとおりになるわけもない。これこそ、植物との対話だ。鈴音が華道を通して触れてきた世界に近い印象を受けた。

興味深く職人の技に見入っていたら、思いがけずルカと距離を縮めていて、声をかけた拍子にそれに気づく。

「あそこは——、……っ！」

何を質問しようとしたのか、瞬間的に頭から飛んでしまった。

思わず硬直して、ルカの翡翠の瞳を見上げる。

「鈴音くん？」

怪訝に思ったらしいルカに肩を揺られて、ようやく我に返った。

「……え？　あ、はいっ」

しかし、肩を掴む手から伝わる熱を意識してしまって、カッと頬に血が昇る。じりっと距離をとって、何げない顔で「夢中になって見入っちゃいますね！」と笑顔を繕った。

鈴音がいかにさりげなさを装おうと、当然ルカにはお見通しなのだけれど、それを言及するような彼ではない。あえて素知らぬふりを決め込んでいる。

そうとは気づかない鈴音は、この日、ルカの一挙手一投足に落胆ばかりさせられていた。

もっと親密になりたくても、どうしていいかわからないし、かといって距離を縮められればつい身体が逃げてしまうし……。

もっとルカと仲良くなりたいのに……。でも、近寄ろうとすると、どうしても破廉恥《はれんち》な夢の映像が過って、四肢が硬直してしまうのだ。

あんな夢を見た自分が恥ずかしくて、ルカに見透かされるのではないかと怯えてしまう。どんな夢を見たのかなんて、口にしない限りばれるわけもないのに。

凜は、どうやってアレックスとの距離を縮めたのだろうか。

自分の身代りでシチリアに来て、うまく騙して婚約破棄してやるなんて言って……まかせとけ！　なんて言っていたけれど、どんな策を講じたのだろう。

そのあたり、凜が恥ずかしがるものだから、いまだに聞けないでいる。きっと何か、アレックスをメロメロにできるような策があったに違いない。それは自分にも実践可能なことだろうか。

昨夜は結局凜と話せなかったから、今日こそ話をしなくては。でもどうやって……？

「鈴音ー！　ルカー！」

庭園の外から声がかかって、鈴音は物想いの淵から引き上げられた。どこに行っていたのだろうか、凜が馬上から手を振っている。

「おやつにしよう！　マンマがピスタチオのジェラートをつくってくれたんだ！」

満面の笑みで手を振っている。

昨夜はアレックスとすごしたのだろうに、元気だな……と思ったら、またドクリと心臓が跳ねた。顔が熱くなってくる。

り仰いだ。


「鈴音ー？」

聞こえてるのか？　との呼びかけに、手を振り返す。

「うん！　行くよ！」

先に食べてて！　と声をかけて、傍らのルカと「休憩にしますか」と手を止めた職人を振り仰いだ。

ルカと目が合ってしまって、慌てて逸《そ》らす。

「ジェラート、溶けないうちに行かなくちゃ」

ぎくしゃくと、その場を離れた。

背後で、小さな笑みが零れた気がして、振り返る。

「ルカ？」

ルカの翡翠の瞳が、笑みをたたえて細められていた。少し困ったような色がその奥に見えて、鈴音は足を止める。

自分は彼を困らせているのだろうか？

長い睫毛を無意識にも伏せていた。

その鈴音の傍らにルカが立って、「凜さんが待っているよ」と背を押して促してくれる。

「シチリアのピスタチオは世界一だからね。きっと美味しいよ」

その声が奇妙なほどにやさしく響いて、凜はなんだか突き放されたような気持ちになった。

ルカはやさしいけれど、でも鈴音に本心を見せてはくれない。

アレックスの客だから遠慮があるのかもしれないけれど、たとえ迷惑に思っていても、それを口にすることはないだろう。

それがちょっと、寂しかった。

師匠と弟子ですらない、厄介になっているだけの間柄なのだから、しかたないといえばしかたないのだけれど。

おやつタイムのあと、ようやく凜とふたりきりになることができた。

「話がある」と呼び出したわりになかなか口を開かない鈴音を、凜が訝《いぶか》る。

「鈴音？　なんかあったのか？」

仕事がきつい？　それとも日本が恋しくなった？　食事が合わないかな？　と立てつづけに訊かれて、首を振る。すると凜が、「じゃあ――」と言葉を継いだ。

「ルカのこと？」

コクリ……と頷くと、凜は神妙な顔になって、身を乗り出してくる。

「その……」

「うん」

「だから……」

「……なに？」

沈黙が重苦しい。というか、気恥ずかしい。

「凛、どうやったのかなぁ…って」

言葉を濁しつつ、どうにかこうにか質問を向ける。鈴音と負けないくらい恋愛方面に疎《うと》い凛に、そんな曖昧な表現で通じるわけもなかった。

「……？　なにを？」

きょとんっと訊き返されて、今度は鈴音が身を乗り出す番だ。

「だから、アレックスさんと、どうやって……その……」

最初こそ勢い込んだものの、すぐに尻すぼみになった。

「……っ!?」

凛の頬がカッと朱に染まる。

おろおろと視線を彷徨《さまよ》わせ、勝気な彼らしくなく、睫毛を伏せてしまう。

「だって、凛言ったでしょう？　まかせとけ！　って。なにか考えがあったんでしょう？　それがうまくいったから、アレックスさんと……」

鈴音の問いに凛はますます身を小さくして、首筋まで赤く染め上げた。

「え？　いや、その……」

ごにょごにょと、言葉を濁してしまう。今度は鈴音が首を傾げた。

「どうやってアプローチしたの？　僕、どうしたらいいと思う？」

完全に子ども扱いで相手にしてもらえてないよ……と泣き言を言うと、凜は大きな瞳を瞬いて、少し考える様子を見せた。

「ごめん、俺、大層なこと言ってたけど、実はこれといって何もしてなくて……」

「……」

「が、がんばったんだぞ。鈴音が嫌がってる婚約を解消しなくちゃって、あれこれやったんだけど……さ……」

なんていうか……と、やっぱり尻すぼみ。

「気づいたら、アレックスと、その……」

そういう関係になっちゃってて……と両手の人差し指を合わせてまたもごにょごにょ。

真っ赤になって長い睫毛を瞬かせ、視線を彷徨わせる。けれど、その表情には、満たされた何かがあった。

「いいなぁ……」

無意識に、羨む言葉が零れ落ちていた。

「……鈴音？」

肩を落とす鈴音の顔を覗き込むようにして、凜がやはり大きな目を瞬く。そして「ごめん……」と呟いた。

「……え？」

何を謝られているのかわからなくて、鈴音は怪訝に問い返す。

「だって、本当は鈴音が来るはずだったんだし……。思ってたんだ。鈴音、自分で来ればよかったのに、って。そうしたら意外とアレックスのこと、気に入ってたかもしれないのに、って……」

アレックスとすごすうちに想いを寄せるようになって、そうしたら自分は結局鈴音の身代わりでしかないことがつらくなっていったのだと言う。本当なら、鈴音がこの場にいたはずだったのに、と……。

「でも、最初からアレックスさんは凜のことが好きだったんだから、僕だけ来てもどうにもならなかったよ」

凜がシチリアに来るのは必然だったのだ。そしてアレックスと恋に堕《お》ちたのは、きっと運命。

そう言うと、凜は「そうかな……」と気恥ずかしそうに睫毛を伏せた。

「本人には言ったことないんだけどさ、アレックスのやつ、歳の差のこと、結構気にしてるっぽいんだ」

凜にしてみれば、お子さまな自分なんて大人のアレックスとは釣り合わないと、つい思ってしまうのだけれど、大人の側にも言い分はあるらしい。

「縛りつけておかないと、オヤジは飽きられるって思ってるっぽい」

だから嫉妬深くて束縛激しいんだよ、と愚痴なのか惚気なのか、わからないことを言う。凜は幸せそうだった。

「だから、きっとルカも……」

「ありがとう」

懸命に言葉を探してくれようとする親友に慰められて、鈴音は「もう大丈夫」と、言葉の先を制した。

「まずは仕事をがんばるよ。それで認めてもらえなかったら、意味ないもんね」

ガーデナーとしてのルカの才能に間近で触れたくてシチリアまで来たのだから、それがおろそかになっては本末転倒だ。

「ルカの作品って、そんなにすごいんだな……」

たしかに素晴らしいと思うけれど、ど素人の自分の目に映るものと、華道の師範である鈴音の目に映るものは、まったく異なるに違いないと凜が興味深げに言う。

「素晴らしいよ」

鈴音は端的に答えた。

何がどうと言葉で説明するのは難しいけれど、斬新なデザインや構想でありながら、自然本来の姿や植物の性質が尊重されている。決して人間のひとりよがりではなく、かといってむやみやたらと自然回帰を訴えるのでもない。そこにはひとと自然の調和がある。

「ふぅん……」

鈴音の話を興味深げに聞きながらも、「俺にはよくわかんないけど」と、凜は肩を竦めた。

「でも、ルカのつくる庭は好きだよ。居心地いいもん」

凜らしい感想だと思った。

「僕も」

ルカの手掛けた庭を眺めながら生活できるなんて、こんな贅沢《ぜいたく》はないと思っている。

「じゃあさ、その気持ちを素直にぶつけてみたら？」

凜に言われて、そういえば自分は、これほど率直な感想をルカに伝えたことがあっただろうかと思い至った。

ルカのもとでガーデニングを学びたいとは言ったものの、感嘆の言葉を零しはしたものの、まったく記憶がない。

「そうしてみる」

結局、凜がどうやってアレックスにアプローチしたのかさだかにはならなかったけれど、なんだかもういいか、という気持ちになった。

まずは目の前のことをがんばって、人間として認めてもらって、すべてはそのあと。

「がんばろうな」

「うん」

慣れないシチリアでの生活だけれど、ひとりじゃないからがんばれる。何より楽しい。

「なぁ、そろそろ和食が食べたくないか？」

「白いごはんとお味噌汁？」

それなら初日の朝にも食べていたような……。そう返す鈴音に、凜は「そうじゃなくて」と目を輝かせた。

「お寿司が食べたいな！　あとラーメンも！」

「ラーメンって、和食？」

寿司はともかく……と鈴音が笑うと、「醤油《しょうゆ》とんこつラーメンはれっきとした和食だよ！」と凜の主張。

「そうかもしれないけど……」

鈴音はころころと笑い転げた。「そんな笑わなくてもいいだろっ」と凜がむくれる。

ふたりの可愛らしいやりとりを、仕事に戻ろうと呼びに来たルカと、仕事の合間に様子をうかがいに来たアレックス、そのアレックスに車の用意ができたと知らせに来たドナッジオの三人が微笑ましく見守る。

たしかに、大人には大人の、事情も言い訳もある。

愛しいと思わなければ、将来を気遣ったりはしないのだから。


ガーデニングショーの資料をテーブルに放って、ルカはひとつ息をついた。

主催者や審査員、出資元など、さまざまな名前や企業名が並んだページに、見たくない名前を見つけてしまったからだ。

さらには、アレックスに返したはずの封書と同様のものが、今度は自分宛に。

「いいかげん諦めてほしいね」

自嘲《じちょう》気味に呟いて、そして窓辺に視線をやる。そこには、小ぶりな花瓶に活けられた愛らしいブーケ。鈴音がつくったものだ。

アレックスの許しを得て、各部屋に飾る花を活けている。何げないものだが、鈴音の清楚さが表れている。

代々受け継がれたものを継承するだけに飽き足らず、わざわざシチリアまでやってきた彼になら、自分の気持ちがわかるかもしれない。あるいは、そんなに悩むことなのかと一蹴されるか。

清楚さの奥に強さがうかがえる小ぶりなブーケを指先でなぞる。

「ガーデニングショー、か……」

ひとつの、きっかけになるかもしれない。

5

ようやくルカが付きっきりでなくても、ガーデナーの仕事の手伝いができるようになってきて、鈴音はますます庭仕事に懸命になった。

そんなある日、鈴音が呼ばれたのは、ガーデニング資材が積み上げられた倉庫の一角、ルカが事務所がわりに使っている部屋だった。

外から見ると、ただの掘っ立て小屋なのだが、なかに入ってみると、意外や意外、大きなディスプレイを備えたパソコンとプリンター、壁一面のスクリーンに画像を映し出すプロジェクターや製図の機械まで。

直前まで庭園の草むしりをしていた鈴音は、汚れた軍手を慌てて外し、汗の浮いた額《ひたい》を拭った。

「ここ…は……」

「僕の仕事場さ」

デスクワークは自室ですることも多いけれど、資材などを手にとりながらの書き仕事が必要なときや、実際に作業を担当するガーデナーたちを集めて説明をするときなどに、この部屋を使うのだという。

感性を優先させながらも、その実緻密な計算で成り立っているルカのガーデンデザインは、この場所で生み出されているのだ。

いまどき職人であってもデジタル機器を使いこなせなくては仕事にならないのだなぁ……と、鈴音は妙なところに感心してしまった。そっち方面も、もっと勉強しなくては。

興味深げに視線をきょろきょろさせる鈴音に小さく笑って、ルカはパソコンのキーを操作し、プロジェクターでスクリーンに画像を映し出した。それはCG映像で、どうやらガーデンデザインのようだ。

それほど大がかりなものではない。何かの規格というか枠組みがあって、それにあてはまるように設計されている。

「これ……もしかして、コンテスト出品作ですか？」

欧州一の規模といわれるガーデンデザインコンテストが、近く開かれる。その設計図ではないかと尋ねると、ルカは「よくわかったね」と微笑んだ。

和洋折衷《わようせっちゅう》と言ってしまうと安っぽいが、西洋の美しさのなかに東洋の美を取り込んだような、エキゾチックな雰囲気だ。敷石《しきいし》や枯山水《かれさんすい》など、和庭園のアイテムを、西洋の素材で写し取り、アレンジを加えている。

「素敵……」

まだCGで作成された画像にすぎないが、実際に完成したらとても素晴らしいものに仕上がるだろう。

「この奥に、和室のイメージで東屋のような空間をつくりたいんだ」

CG映像が奥へと進んで、まるで茶室のような小さな空間を映し出す。当然、純和風なものではなく、大きなタイルにように見える二色の正方形の畳が敷かれ、モード感にあふれている。

「鈴音くんにお願いがあるんだ」

この作品の制作を、手伝ってほしいと言われて、鈴音は「本当に？」と顔を綻ばせた。

「僕が？　お手伝いできるんですか⁉」

自分にできることならなんだってする！　と勢い込む。

その言葉を待っていたとばかり、ルカの緑眼がニッコリと細められた。なんだかちょっとあとずさってしまうのはなぜだろう？

するとルカは、映し出されている映像を切り替え、別の映像を流しはじめた。別の……というか、見ていた映像にアイテムをひとつ重ねただけのようにも見える。茶室のような空間にひとの姿があった。

「花を活けてもらいたいんだ。ここで」

「ここ、って……」

この茶室のような空間で？

「そう。審査員や招待客の目の前で、実際にパフォーマンスをしてほしい」

「……はぁ⁉」

思わず頓狂《とんきょう》な声を上げていた。

「ここのところ毎日、鈴音くんが活けた花を見ていて閃《ひらめ》いたんだ。動きのある庭園造りができる、ってね」

ベルリンゲルの館のダイニングに飾る花を活けて以降、鈴音はアレックスの正式な依頼を受けて、館のみならず、農園レストランやアグリツーリズモの宿泊施設にも、花を飾るようになった。

館にはそれぞれの部屋に合った豪華な花を、農園宿泊を楽しみにしている客の目に触れる場所には、自然な姿を残した可憐な花を、飾る場所に合わせて花の選び方から活け方、もちろん花器まで選び分け、スタッフからも好評を得ている。

ガーデニングにおいては、まだまだ雑用くらいしかできない自分でも、少しは役に立てているようで嬉しくて、気を抜くことなく、毎日真摯《しんし》に取り組んでいたことをルカが評価してくれたのだと思ったら、とても嬉しかった。

けれど、ガーデニング作品の一部となって人前で活けろというのは……。

「僕、俳優さんとかじゃないし、うまくできるか……」

弟子や生徒を前にして活けることはいくらでもあるけれど、どれほど見られていても観客という感覚ではない。だから自分のペースで活けられるし、それこそが弟子や生徒の見たい部分でもある。

けれど、人前でのパフォーマンスと言われてしまったら……。

「大丈夫。いつもどおりにやってくれればいいんだ」

そう言われて、鈴音はそれなら……と頷いた。

「ただ花や花器は指定になるから、あくまでこの世界観のなかで、ということになる。そのあたり、知恵を貸してくれるかな?」

「はい!」

生け花の知識を貸してほしいと言われて、二つ返事で頷いた。

するとルカは、「じゃあ、さっそく」と鈴音の手を引いた。今度はベルリンゲルの館に連れていかれて、一室で待っていたのはソフィアだった。

自分の頬が引き攣るのがわかった。それを宥めすかして、懸命に笑みをつくる。

「こ、こんにちは」

なぜ彼女がここに? と思ったときには、綺麗にネイルの施された手に、ガシッと手首を摑まれていた。そして引っ張られる。

「こっちに来て！」

「え？　あの……？」

ルカは笑みを浮かべるだけで、何も言わない。

「私はね、右がいいと思うのよ。でもルカは左だって言うの」

どう思う？　と訊かれた先にあったのは、衣桁《いこう》にかけられた二枚の着物だった。

「……はい？」

これはどういう……？

華やかな振袖《ふりそで》。左右対称的な柄のものがかけられている。右はかなり斬新でモダンなデザイン、左は伝統的な絵付けの、どちらも作家ものの逸品だ。

「素晴らしい振袖ですね」

啞然としながらも、有名作家の手によるものだろう芸術品に感嘆する。鈴音が作家名を言いあてると、ソフィアが「わかるの？」と驚いた。

「こちらの作家さんは母が好きで、訪問着をいくつかいただいていたはずです」と、左の振袖を指して言う。右の作家は母の好みではないが、父が才能を買っていて、展示会のときに弟子に勧めていたはずだ。

「僕にも兄にも振袖を着る機会はないので、つまらないと母がいつも零してるんです」

やはり女の子が欲しかったと、そこらの女の子より可愛いのに着飾らせられないなんて！

と、母はいつも兄弟を見やって嘆いていた。そんな事情もあって、妙に詳しくなってしまったのだ。

それで？　この振袖が何か？　と思っていたら、衣桁から外した着物を、ソフィアが鈴音の肩にはおらせる。そして、勝ち誇った顔でルカに言い放った。

「ほら！　似合うじゃない！」

——……え？

振袖をはおらされた鈴音をまじまじと見やって、ルカが「たしかにね」と頷く。

「でもやっぱり、こちらのほうが鈴音くんのイメージだよ」

そう言って、もう一方の振袖を鈴音の肩へ。二枚分の振袖の重みが、鈴音の華奢な肩にずっしりと乗った。

——……はい？

いったいなんの話……と、左右に立つ長身を交互に見上げる。

「作品の一部じゃなかったの？　鈴音くんを着飾らせたいだけ？」

「そんなことは言っていない。こっちのほうが可愛いと言ってるんです」

「ほらやっぱり！　趣味に走ってる！　そんなことで最優秀賞がとれるのかしら？」

「言ってくれますね、Sig.na《シニョーラ》ソフィア」

ソフィアが眉を吊り上げる一方で、ルカが笑顔なのが何より怖い。

だが、ふたりのやりとりを聞いてようやく状況を察した鈴音は、「なんで!?」と悲鳴を上げた。

ふたりが怪訝そうに視線を落とす。

「僕、女の子じゃありません！」

凜がウエディングドレスを着せられたことといい、この家のひとは、そういう感覚がずれているのだろうか。

必死の訴えも、「可愛いからいいじゃない」と、まずはソフィアに一蹴される。しかたなくルカに視線を向けると、「やっぱり、振袖のほうが栄えるからね」と、平然と返された。

「だったら、女性にお願いしたらいいじゃないですかっ」

拗ねた口調で訴えると、ルカがゆるりと首を振った。

「鈴音くんと同じように花が活けられるひとがいるのならね。でも、それは無理だ」

そう言われてしまったら、鈴音にはもう否とは言えない。

「……わかりました」

やります……と返すと、「で、どっちがいい？」と、話が振り出しに戻ってしまった。正直、どっちでもいい。

「選びがたいから、両方着てもらおう。パフォーマンスを二回行えばいい」

「それ妙案！　私もどっちも見たいもの！」

妙なところで意気投合したルカとソフィアは、ようやく鈴音の肩に乗る振袖をどけてくれた。

うまく丸め込まれてウエディングドレスを着せられた凛の気持ちがようやくわかる。あのとき自分も一緒になって「凛、可愛い！」などと悪のりしたことを、いまさらながら反省した。


世界的規模とは聞いていたものの、これほど大がかりなものとは思ってもみなかった。

ルカが昨年も最優秀賞をとったガーデニングショーは、広大な敷地を使って、数日間にわたって開かれる。

そこに、世界中から集まったガーデンデザイナーたちの作品が並び、審査されるのだ。

会場の一番目立つ場所に、ルカの作品は展示されている。昨年の最優秀デザイナーなのだから当然だ。そのぶん審査員やマスコミの注目度も高い。このガーデニングショーを特集したテレビ番組まで組まれると聞いて、鈴音は驚いた。

マスコミや招待客向けの展示と審査が同時に行われる。ルカは生け花のパフォーマンスがあることを、事前に告知していた。

本番当日になってしまったら、鈴音はもう腹を括るしかない。ここは三沢流の見せどころ。父母にも兄にも恥はかかせられない。

そんな気持ちで、二回のパフォーマンスに臨《のぞ》んだ。

一度目は、ルカが気に入っていた振袖を着て、伝統的な生け花を披露した。見守る観客からはため息が漏れ、老若男女問わずうっとりとした視線が鈴音に注がれた。

二度目は、ソフィアが勧めていた振袖をモダンな着つけにしてもらい、活ける花も大ぶりで華やかなものを選んだ。そして派手なパフォーマンスを披露した。歓声が湧いて、会場の視線が一気に集まった。

正反対の印象を受けるパフォーマンスながら、どちらもルカのガーデンデザインにはしっくりと合っているから不思議だ。

「鈴音、すごい！　綺麗！」

一番前で食い入るように見ていた凜が、一番大きな拍手をしてくれた。

その横でアレックスが、凜にドレスを着せた自分のことをあれこれ言っていたくせに鈴音に振袖を着せるとは……と、パフォーマンスを見守るルカへ呆れた視線を向けていたことに気づいていたのは、アレックスの傍らで「どっちもどっちよ」と呟いていたソフィアと、ルカ本人のふたりだけだったに違いない。

ともかく、鈴音の生け花パフォーマンスはルカのデザインともども大絶賛を浴び、観客からはブラボー！　と拍手がやまず、テレビカメラもずっと張りついたままだった。

マスコミに囲まれたルカは、審査発表を待たず身動きが取れなくなり、鈴音はどうにかこうにか凜に助け出される。

会場の隅に置かれたベンチまで来て、ようやくホッと息をつくことができた。

「大丈夫か？　鈴音？」

着物は着なれているにしても、さすがに振袖は勝手が違うだろうと凜が気遣ってくれる。

「ちょっと苦しいけど、平気」

すごいね……と、深呼吸をして、少し落ちついた。

「化粧も苦しいんだよな、皮膚呼吸できなくて」

自分も式のあとすぐにとっちゃったよ、と凜が苦笑する。

「俺のこと笑ってたけど、鈴音も女の子にしか見えないな」

「ごめんってば。でも、振袖よりメイクがきついなんて、予想外だった」

「なにか飲み物もらってきてやるよ」

ここで休んでな、と凜が腰を上げる。

「ありがとう」

急がなくていいからね、転ばないで、と言う前に、凜の姿は人ごみに消えてしまう。

ルカはまだマスコミに囲まれているのだろうか。自分も会場内を見てまわりたいのだけれど、審査発表は何時だっけ？　それにしても、ガーデニングショーに世界中からこんなにひとが集まるなんて、思ってもみなかった。

そんなことを考えながら人ごみを眺めていたら、その向こうからひとりの紳士がこちらに歩いてくるのが見えた。

上質なスーツを着て、胸に招待者マークのついた花を飾っている。大股に歩いてくる中年の紳士の表情が明らかになるにつれて、鈴音は逃げたい気持ちに駆られた。

どうにも目がイっている。

何やら勘違いした空気がひしひしと伝わってくる。

「Oh! Oriental beauty!」

英語圏の出身ではないのか、微妙な発音でそんなことを言って、両手を広げて近づいてくる。鈴音でなくても逃げたくなって当然だ。

だが胸章に、「Examiner」と書かれているのを見て、無視して立ち去ろうとした足が止まった。審査員だ。

どうしよう……と思っているうちに目の前に立たれて、「さきほどのパフォーマンス見ましたよ！　素晴らしかった！」とはじまった。

「あ…りがとう、ございます」

肉厚な手に両手を握られ、ぶんぶんと振られる。その手をさすられて、背筋がゾッとした。

「どうです？　あちらでお茶でも。喉が渇《かわ》いておいででしょう？」

「い、いえ……」

審査員であることは胸章でわかるが、果たしてどれほどの発言権を持つ人物なのか。はっきりしないために、邪険にすることもできない。

――凜、早く戻ってきて。

凜がドリンクを調達して戻ってきてくれれば、それを理由にこの場を離れられるのに。

「signorina《シニョリーナ》、お名前はなんとおっしゃるのです？」

signorinaと呼びかけていることから、鈴音を完全に女性だと勘違いしているとわかる。

「僕は、その……」

逃げようがなくて困っていると、今度は図々しい手を鈴音の肩に伸ばしてくる。さすがに我慢しかねて振り払おうと思ったときだった。

「失礼、signore《シニョーレ》」

低い声がかかって、だがそれがルカのものであることに、鈴音は咄嗟《とっさ》に気づけなかった。不躾《ぶしつけ》な審査員の手を邪険に払って、鈴音の肩を自分に引き寄せる。

「ルカ……」

今日のルカは正装だ。正装とはいっても燕尾服《えんびふく》という意味ではなく、ソフィアがデザインしたカジュアルさのなかにも品がうかがえる上質なスーツに、胸元には鈴音がアレンジした花を飾っている。まるで男性ファッション誌のグラビアから抜け出てきたかのような印象を受ける。

いつもは後ろでひとつに結んでいるだけの髪を整え、背筋を伸ばして立つ姿は、アレックスに負けないほどの紳士ぶりだった。

そのルカが、勘違いな審査員に憤りの眼差しを向けている。

「彼はコンパニオンではありません。お間違いのないように」

毅然《きぜん》と言って、鈴音を自分の背後に隠す。

邪険にされた審査員は、途端に眉を吊り上げた。

「貴様……っ！」

ルカが昨年の最優秀賞受賞者で今年の最優秀賞候補であることはわかっている顔だ。

「審査員にこんなことをして、ただで済むと……っ！」

「審査員に選ばれるほどの名士が、ガーデニングショー会場とナイトクラブの区別もつかないとは、嘆かわしい」

いつものルカらしくない辛辣《しんらつ》な口調で言い放つ。

怒りにわなわなと震える審査員を、「この件については本部にクレームを入れさせていただきます」と一刀両断して、ルカは鈴音の肩を抱いて背を向けた。

「お、覚えていろ……っ！」

懲りない審査員の負け惜しみになど耳も貸さない。

背後を気にする鈴音にも、「聞かなくていい」と短く言って、何事かと囲む観客の波を掻き分ける。

ようやく辿りついた静かな場所は、会場の一角に設けられたVIPブースだった。ガーデニングショーをゆっくりと楽しむために、アレックスが用意した空間だ。

待ちかねた凜が、「大丈夫だった？」と飛びついてくる。

飲み物を調達して鈴音のもとに戻ろうとしたところで騒ぎに気づいて、慌ててアレックスを呼びに戻ったら、その途中でルカに出くわしたらしい。顔色を変えたルカを追いかけようとしたのに、邪魔にならないようにと、アレックスに引き止められてしまったのだと、凜は少々不服げに状況を説明してくれた。

「そうだったの、ありがとう」

心配かけてごめんね、と詫びて、勧められるままソファに腰を下ろす。隣にはルカ。鈴音の肩を抱いたまま、そして向かいにアレックスと凜。

「ご迷惑おかけしました」

騒ぎを起こしてしまって……と深く詫びると、即座に強い声が横からかかった。

「鈴音はなにも悪くないよ」

鈴音と呼び捨てにされて、ドキリと胸が波立つ。それ以上に、見慣れぬ横顔が動悸《どうき》を速めた。

ルカの口調は、やはりいつもと違う。さきほどより剣呑《けんのん》ではないものの、いつもの柔和な青年とはまるで別人のようだ。

けれど、どうしてだろう。妙にしっくりくる。まるでこれがルカの本当の姿のような……。

いつもの彼は、仮面をかぶっているかのような……。

「例の審査委員長か。いいかげん、引きずり下ろすべきだな」

忌々《いまいま》しげに言うのはアレックス。その言葉に誰よりも驚いたのは鈴音だった。

「審査委員長⁉」

そんな偉いひとだったのか⁉　と動揺も露わに青くなる。

「ど、どうしよう……審査に影響したら……」

「気にしなくていいよ。どうせお飾りだ」

鈴音の肩を抱くルカの手に、ぐっと力がこもった。金で買っただけの地位であって、誰もあの男に審美眼など求めていないとルカが言う。その声も、やはり強いものだった。

「作品への冒瀆《ぼうとく》だ。冗談じゃない」

憤懣《ふんまん》やる方なし、といった様子で憤るルカを、アレックスが愉快そうに諫《いさ》める。

「人相が変わっているぞ」

気を鎮めろと言われて、「旦那さまに諫められる日がこようとは」などと長嘆する。「どういう意味だ」とアレックスが睨んでも、ルカは取り合わない。

そのときになってようやく、鈴音の肩を抱いたままであることに気づいた様子で、ルカはそっと手を離した。そして、ニコリと微笑む。いつもの、ルカだった。

「大丈夫だよ。気にしないで」

審査はひとりの意見で決まるものではなく、審査員たちの投票で決められる。そこに一般審査員の声が加味される。たとえ審査委員長だからといって、審査結果をどうこうすることは不可能なのだ、と。

でも、ひとりの審査員が低い点をつけることで、結果を左右させるのは可能なはずだ。

——僕、大変なことしちゃった……。

どうしてもっとうまく立ちまわれなかったのか。あんな非常識な相手など、いくらだって対処のしようがあったはずなのに。

「僕、着替えてきます」

腰を上げると、ルカが「一緒に……」と手を貸してくれようとする。それを「ひとりで大丈夫です！」と少し強い口調で断って、ＶＩＰブースを出た。

「鈴音？」

凜の心配げな声が背に届いたけれど、鈴音は振り返らなかった。ＶＩＰブースを出て、足早に会場内を駆ける。

「さっきの審査委員長さん、どこに……」

とりあえず会って、話をしなければと思ったのだ。鈴音が真摯に詫びれば、わかってくれるかもしれない。

会場内をうろうろしていると、鈴音の生け花パフォーマンスを目にした観客から次々に声をかけられて、そのたび足止めを食らう。それを「急ぎますので」と丁重に断りながらようやく縦断したものの、審査委員長の姿はなかった。

「どこに……」

会場の隅で息を整えて、周囲を見やる。花と植物のつくり出す濃い酸素をもってしても、会場内にひしめく人々の人いきれを潤すには足りないのか、若干酸素不足に感じられた。

諦めて戻ったほうがいいだろうか。着替えて、身軽になって捜そうか。でも、この恰好でなければ、審査委員長を捜したところで無意味だ。男だとバレたら意味がない。

そんなことを考えて視線を巡らしていたら、いったいどこから現れたのか、屈強そうな黒服の男数人に前を塞がれた。

「三沢鈴音さんでいらっしゃいますね」

「……？　はい、そうですが……」

恐る恐る応じる。

慇懃《いんぎん》に腰を折りながらも、迫力を醸《かも》している。いったい何者だろうか。もしかしてさっきの審査委員長の差し金？

「御同行願います」

「……はい？」

なんで？　と大きな瞳を瞬く。

不躾に手を引かれて、鈴音は「なにを……っ」と声を上げた。

「お静かに」

騒ぎになればルカに迷惑がかかると脅される。抵抗しなければ酷いことはしないとも言われた。

「ルカに……？」

ということはやはり、さきほどの審査委員長が？　それほどに怒らせたというのか？　だったら本当に、ルカの審査結果が左右されるかもしれない。

「わかりました」

おとなしくついていきます、と覚悟を決める。

「こちらへ」

三人に前後を挟まれて、会場の外に連れ出される。

待ち受けていたのは、黒塗りのリムジン。

その車と入れ替わりに、ものすごいスピードで車寄せに愛車を滑り込ませたのはソフィアだった。

「あの車……」

愛車から降り立ち、リムジンの走り去ったほうを見やる。

アレックスも認める才女は、数少ない情報から状況を汲《く》み取ることに長《た》けている。

「いつかこういう面倒事が起きるんじゃないかって思ってたのよっ」

毒づいて、ピンヒールをものともせず駆けだした。


アレックスの傍らでジュースのストローを咥《くわ》えながら壁にかけられた時計を見上げて、凛は呟く。

「鈴音、遅いな……」

審査委員長とごたごたを起こしてしまったことを気にして更衣室で泣いているんじゃないかと心配になる。

——やっぱりついていけばよかったかな。

鈴音はおとなしそうに見えて気丈なところもあるけれど、でもやっぱり繊細で気遣い屋さんだ。それはたぶん育った環境からくるものなのだろう、強い主張をしない一方で、いつも周囲に気を配っている。

そんな鈴音が、気にしないわけがない。わかっていたはずだったのに、なんだか声をかけづらくてひとりで行かせてしまった。

「俺、鈴音の様子見てくる！」

腰を上げたら、横から無言で伸びてきた手にがっしりと摑まれ、ソファに引き戻されてしまった。アレックスは何も言わず、優雅にソファに背をあずけた恰好で長い足を組み、エスプレッソカップを口に運んでいる。

「なんで⁉」

なんで引き止めるんだ！　と文句を言ったら、今度は碧眼に見据えられた。凜はぐっと口を噤《つぐ》む。

壁に背をあずけて、ルカは腕組みをしたまま、さきほどからずっと動かない。会場内では、消えたルカを探してマスコミや記者連中が右往左往しているだろうに。

いったい何を考えているのだろう。いつもと様子も違うし、なんだか怖い。そういえば、さっきアレックスが何やら耳打ちしていたけれど、それが関係しているのだろうか。

「顔を出さなくていいのか？」とかなんとか……。記者会見とかマスコミ関係のことかと思っていたのだけれど、違ったのかもしれない。

それとも、あの審査委員長を怒らせたことで、本当にまずい状況に陥っているのだろうか。

でもそういったことなら、アレックスがなんとでも処理してしまいそうな気がする。

そんなことをぐるぐると考えながら、凜は傍らのアレックスに訴える眼差しを向ける。無言でスーツの袖口を引っ張って、ねぇねぇと揺すったら、その手を上から押さえ込まれた。

凜はむ～っと口を尖らせる。

「鈴音、泣いてるかも」

むすっと呟いたら、壁際で腕組みをしていたルカが視線を寄こす。

「心配ないって言ったって、あんな言い方じゃ……鈴音は気にするよっ！」

あんなにルカの才能に惚れ込んでいて、ルカの作品に身近に触れられるのを喜んでいたのだ。万が一ルカの作品の評価を左右するようなことがあったら……と考えたら、不安にならないわけがない。

日本にいれば、三沢流の次男としてそれなりの立場を与えられて、多くの弟子を持って、何不自由なく暮らせたところを、シチリアまでやってきた。そんな覚悟、凜に触発された程度で決められるわけがない。そのあたりを、ルカは本当にわかっているのだろうか。

「ルカは、鈴音の覚悟をわかってない！」

膝の上で拳を握って、壁際に立つルカを見上げる。大きな目に、涙が滲んだ。

「覚悟……？」

ルカの翡翠の瞳が瞬く。

だが、彼が口を開く前に、壊れるかという勢いでＶＩＰブースのドアが開かれて、一同はそちらに意識を向けた。駆け込んできたのは、常以上に華やかな恰好のソフィアだった。

「ちょっと！　どういうこと⁉」

怒鳴るなり、ルカの胸倉を絞め上げる。これには、さすがのアレックスも唖然と目を見開いた。

「アレックスに言及する気がなさそうだったから、私も見て見ぬふりしてたけど、どうなってるの⁉　鈴音くんをお家騒動に巻き込んでるんじゃないわよっ！」

驚きをたたえたルカの瞳がこれ以上ないほどに見開かれる。

「知って……？」

掠れた呟きに、ソフィアは胸倉を絞め上げる力をさらに強めながら凄んだ。

「この私の情報網を舐めないでちょうだい！」

怒り心頭の様子のソフィアの迫力に気圧されて、凜は傍らのアレックスに縋った。凜の痩身を腕に抱きとめ、アレックスが「どういうことだ？」と説明を求める。

ソフィアはようやくひとつ息をついて、凜を腕に抱いたアレックスを振り返った。

「鈴音くん、拉致られたわよ」

剣呑な言葉を聞いて、ルカが顔色を変える。そのルカに、ソフィアが尖った言葉を向けた。

「北イタリアあたりで見た覚えのある紋章をつけたリムジンにね」

「……っ⁉」

ルカが息を呑む。

言われた言葉の意味が、ルカとアレックスには理解できているようだった。けれど凛には意味不明で、傍らのアレックスを見上げているよりほかない。

「どういう意味？　アレックス⁉」

鈴音はどうしたんだよっ！　と、アレックスの胸元を揺さぶる。大丈夫だというように、アレックスの大きな手が凛の小さな頭を胸に抱き寄せた。そして落ちつけというように、旋毛《つむじ》にキスを落とす。

「あとのこと、よろしくお願いします」

それだけ言って、ルカが部屋を出ていく。

アレックスは「車を使え」と、駆け出ていく背に声をかけた。

北イタリアって？　紋章って？　と疑問符を飛ばす凛のために甘いオルゾーラテをオーダーして、自分とソフィアにはエスプレッソ、それが届けられるのを待って、アレックスが口を開く。

凛はアレックスの腕に抱かれた恰好で、長い話を聞いた。

ソフィアは口を挟まなかった。

かわりに、話が終わると早々にルカが最優秀賞をとったあとの算段をはじめた。アレックスもソフィアも、ルカの受賞を疑っていないのだ。

6

黒塗りのリムジンに半ば強引に乗せられて、いったいどこへ連れていかれるのかと、身を縮こまらせていた鈴音は、降ろされたのが会場近くの一流ホテルのエントランスだと気づいて驚いた。

「こちらへどうぞ」

慇懃に腰を折って、黒服がドアを開け、鈴音を案内してくれる。車に乗せたときの強引さはどこへやら、といった様子だ。

どうやら危害を加えられる心配はなさそうで、鈴音は少しだけ肩の力を抜く。けれど安心はできないから、毅然と背筋を伸ばして男のあとにつづいた。

案内されたのは、このホテルでたぶん最上級だろう一室だった。広いリビングを有するスイートルームには、グランドピアノが置かれている。

そのピアノでの演奏を聴くのだとすれば特等席だろうと思われるチェアに、ひとりの紳士の姿があった。

いったい何者なのか。

もちろん、さきほどの審査委員長ではない。鈴音の知らない顔だ。痩身で、銀髪はいわゆるプラチナブロンドではなく、白髪だろう。翡翠色の瞳には、見覚えがある気がした。

鈴音の姿を認めて、紳士が微笑む。柔和な笑みにも、なぜかデジャヴ。手にしていたエスプレッソカップを置いて、鈴音を手招きする。部屋まで案内してきた黒服の男たちは、ドアのところで一礼をして下がった。

どうしようかと思ったものの、招かれるままに部屋に踏み入り、紳士の近くへ。振袖姿の鈴音を見て、紳士は「ほお……」と感嘆を零し、目を細めた。

「ブレスゲンと申します。不躾な真似をして申し訳ない」

どうぞお座りくださいと、傍のソファへ促す。

「どうしても、あなたとお話をしたかったのです、Signorina《お嬢さん》」

どうやら鈴音を女性と勘違いしているようだ。この姿ならいたしかたないけれど。

「なにかお飲みになりますかな?」

訊かれて、鈴音は首を横に振る。目の前の紳士を信じるにはまだ情報が足りないと、意思表示したつもりだった。

鈴音の返答を受けて、不愉快そうな顔をするでもなく、紳士は呼び鈴を鳴らして執事らしき人物を呼ぶ。そして「お嬢さんに我が家自慢のスパイスティーを、私はエスプレッソのおかわりをもらおう」と言いつける。執事は「かしこまりました」と応じて下がった。

ローテーブルに飲み物が届けられ、執事が部屋を出て、紳士とふたり向き合う恰好で残される。

紳士は湯気をたてるエスプレッソのカップを優雅に取り上げ、満足げに口に運んだが、鈴音は出されたものに手をつけなかった。

とても美味しそうなスパイスと紅茶の香りがしていたけれど、目の前の紳士の思惑を探るほうが先だ。それがはっきりしない限り、怖くて口になどできない。

一向にティーカップに手を伸ばそうとしない鈴音を見て、小さく肩を竦め、紳士もカップをソーサーに戻す。そして、鈴音を半ば拉致した理由を、ようやく口にした。

「あなたに、ルカを説得していただきたいのです」

思いがけない名が飛び出して驚いた。黒服の男たちは、あの審査委員長とはまるで無関係だったのだ。

「ルカ……?」

どうしてここでルカの名が……?　と考えて、そして気づく、翡翠の瞳が同じ色であることに。

紳士の面差しにも、似たところがある。何より、柔和な笑み……。

「あなた…は……?」

ルカは、ルカ・ヴィアネロ。お父さんもお祖父さんもガーデナーで、だからルカも同じ道を志したのだと聞いている。では、目の前の紳士は?

もうひとつ、思い出したことがある。

ルカの部屋を訪ねたときのことだ。

デスクの上に並んだフォトスタンドには、家族写真がおさめられていた。作業着姿のお祖父さんとお父さんと一緒に写ったものもあった。

別のスタンドには、少年の日のルカの肩を抱いて写る女性の姿があった。ルカのお母さんだろうと思った。だがどういうわけか、その横に別の女性と写したものがもう一枚並んでいた。片方の女性は、ルカと同じ髪の色をしていた。もうひとりの女性は、ルカと似たところのないひとだった。

そこから導き出される答えは……。

「ルカという名は、私が名付けたのだよ。聖人からとってね」

紳士の言葉が、真実を教えていた。

鈴音は、まさか……と目を瞠る。

「ルカは私の息子だ。生まれてすぐに手放すはめになったが、忘れたことはなかった」

目の前に座る紳士が、ルカの父親? つまりは、実父ということか?

詳細はわからないが、想像することはできる。

写真に写っていた、ルカと同じ色の髪をした女性がルカの母親だ。けれど、ヴィアネロ姓のまま、ルカを産んだ。そのあたりには、ブレスゲンと名乗った紳士の素性が関係しているに違いない。

「息子に、家に戻ってくるように説得してはもらえまいか」

そして紳士は、鈴音の知らない事情を語りはじめた。

妾腹《しょうふく》の子として生まれたルカを実母亡きあと育てたのは、母方の祖父と兄夫婦で、ヴィアネロは母方の姓だという。ルカが父だと周囲に紹介しているのは、実は伯父だというのだ。つまり、もう一枚の写真に写るルカと似たところのない女性は、伯父の妻――伯母ということだ。

「僕がルカを？」

どうして？　と怪訝に眉根を寄せた。

「あなたと息子が親密な関係にあることは報告を受けている」

「報告って……」

興信所などを使って調べたという意味か？　勝手に他人のプライバシーを暴いたと？

「申し訳ないが、調べさせていただいた。そもそもはベルリンゲル伯爵の許嫁だったとか」

華道の家元の令嬢とは……と、興味深げに言う。

――令嬢って……。

どうせ調べるなら、もうちょっとちゃんと調べてくれたらいいのに。

報告と聞いて、嫌な気持ちになった鈴音だったけれど、あまりにずさんな報告内容を知って、怒る気も失せる。

「今日のパフォーマンスも見せていただいた。ブレスゲン家の花嫁にふさわしい、実にすばらしい芸術だったよ」

ガーデニングショーの会場にいて、ルカの展示作品で鈴音が行った生け花のパフォーマンスを見ていたという。

だったらなぜ、ひと言のあいさつもなかったのだ？　その場で直接声をかければいいものを、どうして鈴音を拉致するような真似をする？

その答えは、紳士の口から明らかにされた。

「これまで何度も家に戻ってくるようにと手紙を出しているのだが、一向に返事がない」

ルカは実父の申し出を断っている――いや、無視しているらしい。

「ベルリンゲル伯爵にも親書を出しているが、それにも反応がなかった」

握り潰されているようだと、苦々しげに言う。

アレックスは、知っていたのか？

ルカの素性を知った上で、一ガーデナーとして雇い、その才能に投資していたというのか？

「同じ伯爵家同士、事を荒げたくはないが、私の親書を握り潰されたとあってはいつまでも放置することもできないのでね」

伯爵家と聞いて、ルカが母親に育てられただいたいの理由は察しがつく気がした。身分違いとか、きっとそんなくだらない理由だ。

それで一度は手放したくせに、結局跡取りが生まれなかったのか、それともルカのほうが優秀だったのか、理由はわからないが、いまさらルカを手元に取り戻そうとしているのだ。

アレックスが親書を握り潰したのもわかる。さすがに凜が愛した人物だと、いまさらのようにその胆力に感嘆した。

家同士の問題になったら厄介だ。事業にも影響が出る危険性がある。それがわかっていながら、アレックスはルカの好きにさせていたのだ。

「ルカにブレスゲン家を継いでもらいたいと考えている。きみとの挙式も、家を挙げて盛大に行おう。どうかな？」

一ガーデナーの妻ではなく、次期伯爵の妻のほうが魅力的だろう？　と誘惑する。鈴音はカチン！　と、こめかみあたりを引き攣らせた。

家柄や金がすべてだと思っている。それが世界のすべてではないのに。

三沢家も家名を重んじる家柄だけれど、でもそれは三沢流の名に泥を塗ることがあってはならないという家元としての意地であって、見栄ではない。父は、家名や金でひとや物を動かすようなことは、絶対にしないひとだ。

ルカの実父だから、悪くは言いたくないけれど、ルカが家に戻ることを拒否している理由もなんとなくわかった。

鈴音が黙っていると、ブレスゲン伯が腰を上げ、キャビネットの引き出しから何やら持ち出してくる。

装飾の施された小箱は、博物館クラスの芸術品で、そっと開けられた蓋の奥から、眩《まばゆ》い宝飾品が現れた。

「これは、我が家に伝わるものだ。結婚式に、伯爵夫人となる女性が身につける」

それで？　と言いたい気分だった。

ルカを説得して実家に連れ帰れば、この宝石がきみのものになるよ、と言いたいのだろうか？

「どうかな？　息子を説得してくれるかな？」

鈴音の返答など決まっていた。

「お断りします」

しゃんと背を伸ばして、鈴音は短く答えた。

「ルカが拒絶しているのであれば、僕が口を出すことではありません」

鈴音は、ガーデナーとしてプロ意識を持って仕事に打ち込むルカが好きなのだ。ブレスゲン伯爵家の血を引いていようがいまいが関係ない。

「一ガーデナーの妻に甘んじると言うのかね？」

そもそも鈴音はルカの恋人でもなんでもないけれど、ここで頷くのも否定するのもプライドが許さなかった。

〝一ガーデナー〟と称するブレスゲン伯の言葉には、蔑《さげす》みがある。アレックスのように、ルカの才能を買って対等に言葉を交わした上での呼びかけとはわけが違う。

「あなたは、本当にルカの作品をご覧になられたのですか？」

その上で、そんな言葉しか出ないのなら、目の前の紳士にルカの父親を名乗る資格はないと思ったが、そこまでは口にしなかった。それこそ、自分が口を出すことではない。

「お話しすることは何もありません」

ルカとの対話がなされていないのならなおのこと、自分ごときが何を言えるわけもない。ルカの実父だから悪く思いたくはない。けれどこのまま対峙《たいじ》していたら、不快な気持ちに満たされてしまいそうだ。一刻も早く、この場を去りたかった。

「帰らせていただきます」

毅然と言い放ち、すっくと腰を上げて、ドアへ。

その背中に眩しげな視線を向けていた紳士が、鈴音がドアに辿りつく前に呼びとめた。

「待ちなさい」

背中に声がかかって、鈴音は足を止める。

「どうやら言い方が悪かったようだ」

紳士がひとつ、息をつく。そして、おもむろに「頼む」と頭を下げた。

「どうしても、息子に家に戻ってもらいたいのだ。勝手なのはわかっている。それでもどうか……っ」

鈴音は驚いて目を瞠る。

まさか頭を下げられるとは思っていなかった。

「そんなこと……頭を上げてください。僕にそんなことをされても、困ります」

自分はルカの恋人ではないのだ。そもそもお門違いなのだ。

「僕は……っ」

男なんです！　と、鈴音が暴露しようとしたときだった。重厚なドアの向こう、廊下から騒々しいやりとりが聞こえて、いきなりドアが開く。

「ルカさま……！」

さきほどの執事が制する声。ノックもなくドアを開けて入ってきたのは、ガーデニングショー会場で見たのと同じスーツ姿のルカだった。

「ルカ……」

思わず息子の名を呟いた紳士とは対照的に、ルカの目に思慕の情はうかがえない。彼にとってブレスゲン伯は、母と自分を捨てた男でしかないのだと思い知らされる、冷やかな眼差しだ。

「ずいぶんと荒っぽいことをなさるんですね」

低い声で吐き捨てて、ルカは鈴音の肩を引き寄せた。守るように広い胸に取り込んで、実父と対峙する。

——……っ。

突然の接触に驚いた鈴音は、頬を紅潮させ、驚きに目を瞠った。だが、見上げた先にあるルカの表情の硬さに、身体を強張らせる。

「無関係の彼を巻き込まないでいただきたい」

その言葉は、ルカなりの気遣いだったのだろう。鈴音を巻き込むまいとする、思いやりから発せられたものであることは間違いない。

けれど鈴音には、突き放されたように感じられてしまった。おまえには関係のないことだから口を出すなと言われたように感じたのだ。

鈴音が密かなショックを受ける一方で、ブレスゲン伯も、ルカと同じ翡翠の瞳を、驚きと困惑とに染めていた。

「彼……？」

振袖姿の鈴音を、ルカが「彼」と称したことに気づいて、おかしいと感じたのだ。

「なにを勘違いしておいでです？　鈴音は男の子ですよ」

振袖を着ているのは自分のリクエストで、展示上のパフォーマンスだと暴露する。

「男……!?」

驚嘆する父親に、ルカは「可愛いでしょう？」と見せつけるように鈴音の痩身を胸に抱いた。そして、ウイッグを足して結い上げた髪に軽くキスを落とす。鈴音の胸がズキリと痛んだ。

「僕の恋人が男では、なにか不都合がありますか？」

驚きの恋人宣言をされて、ブレスゲン伯は言葉もなく目を瞠った。

ルカは自嘲気味に口角を上げて、「結局あなたは、跡取りが欲しいだけなんですよ」と吐き捨てる。

「当然ですよね。ブレスゲン家の唯一の跡取りが同性の恋人を連れて戻ったなどと、誰に言えるわけがない」

いい笑いものだと悪辣に揶揄する。意図的なものだと、間近で聞いている鈴音にはすぐにわかった。

そして、自分が利用されていることにも……。

「どうです？　これでも、僕に戻ってこいと言えますか？」

鈴音を腕に抱き、実父と対峙する。ルカの翡翠の瞳には、明らかな嫌悪があった。だがその奥に隠しきれない慕情も、たしかにある。

「ルカ……」

ダメだ、と思った。

父親にそんな挑発するような言葉を向けてはいけない。ちゃんと話し合わなくては。矛先ばかりを向けていては何も解決しない。蟠《わだかま》りが解けないのはしかたない。それでも言葉を交わさなければ、どんな感情も伝わりようがない。

「ルカ……っ」

ジャケットの襟元《えりもと》を引っ張って、ダメだと訴える。

けれど、どう言葉にしていいかわからなくて、うまくルカを制することができない。

「ルカ？　冗談もほどほどに……」

ブレスゲン伯が、口許に引き攣った笑みを刻んで、鈴音が男だなんて冗談だろう？　と請《こ》う。ルカは「冗談かと訊きたいのはこちらのほうです」と冷たく返した。

「それまで、ただの一度も連絡など寄こさなかったあなたが、僕がコンテストで入賞した途端に帰ってこいと煩《うるさ》く言いだした。それだけでも充分にお笑いだというのに、日本の名家の令嬢ならよくて、ガーデナー見習いの少年はダメだと言う」

鈴音の痩身を、さらに深く抱き込んで、ルカの長い指が鈴音の頬を辿る。

「ルカ？　なに……、……っ⁉」

ブレスゲン伯の目の前で、口づけられていた。

鈴音は大きな目を見開いて、硬直したままそれを受け取るよりほかない。

呆然と目を見開いて、はじめてなのに濃厚な口づけを受け取った。実父の視線などものともせず、ルカは唇を深く咬《か》み合わせ、鈴音の口腔《こうこう》を貪《むさぼ》る。膝から力が抜けてくずおれそうになった痩身を、力強い腕が抱きとめた。

「……んっ」

甘ったるいリップ音を立てて、唇が離れる。

ルカの胸に痩身をあずける恰好で、鈴音は呆然と事のなりゆきを見守るしかない。

「二度と、こんなふざけた真似はなさらないでいただきたい」

吐き捨てて、ルカはその場に背を向けた。

ブレスゲン伯からも、引き止める言葉はなかった。

引きずられるようにして、ホテルをあとにした。

ちょうどそのころ、ガーデニングショー会場では審査発表の真っ最中で、アレックスが裏から手をまわすまでもなく、当然のことながらルカは最優秀賞に選ばれた。ダントツの得点だった。

だというのに主賓不在の舞台で、かわりに授賞式に参列したソフィアが——アレックスに

押しつけられただけだったりするが――口八丁手八丁で当人不在の理由を曖昧なまま乗りきったのは、さすがの手腕と賞していいだろう。

車中ずっと無言のまま、鈴音はガーデニングショー期間の滞在用にアレックスが用意したホテルの一室に連れ帰られた。

そこにはすでに心配した凜と、このあと事後処理の面倒を引き受けることになるアレックスが待っていて、鈴音の無事を確認した。凜は半泣きで抱きついてきて、「よかったよぉ」と繰り返した。

けれど、鈴音にとっては、何もよくないし、何も解決しないままだし、だというのにひとつの結論だけが出てしまった。

凜との感動の再会もそこそこに、鈴音は大股に自室に向かうと、スーツケースを引っ張り出す。そしてそこに、持ってきたあれこれを、適当に詰め込みはじめた。

「鈴音⁉︎」

どうしたんだよ？　何をはじめたんだ？　と慌てる凜を振り返りもせず、鈴音は黙々と荷造りを進める。着替えはあとだ。とにかく一刻も早くこの場を離れたかった。

「怖かったのか？　シチリアの館に戻る？　だったら俺も一緒に――」

凛が懸命に宥めようとしてくれる。

けれどこのときの鈴音には、「もうダメ」「これ以上は無理」という気持ちしかなかった。

たとえルカが振り向いてくれなくても、子ども扱いしかしてくれなくても、それでもせめてガーデナー見習いとして認めてもらえるようにがんばろうと思っていたけれど、それすらもう厳しい。

まったく希望がないままに、ルカの傍にはいられない。いや、まるきり相手にされていないほうがまだましだったかもしれない。

ルカは自分を利用した。

鈴音の気持ちを知っていて、父親と決別するための材料にした。

そのために口づけた。鈴音は、はじめてだったのに……！

「帰る」

「う…ん、だから俺も一緒に……」

一刻も早くベルリンゲルの館に帰ろうという凛に悪気はないとわかっていても、声を荒げることしかできなかった。

「日本に帰る！」

「……え？」

傍らで鈴音の顔を覗き込むようにしていた凜が驚嘆に目を瞠る気配。それでも鈴音は顔を向けることなく、黙々と荷造りをつづけて、とりあえず閉まればいいとばかりに、乱暴にスーツケースを閉じた。

それを引きずって部屋を出ようとするのを、凜が慌てて止める。

「鈴音⁉　日本って……どうして⁉」

いまは何も話したくない気分だった。説明する気力もない。愚痴りだしたら最後、この場でわーわーと泣いてしまいそうだ。

「凜、どいて」

凜を押しのけるようにして、スーツケースを引きずる。

「鈴音？　待って……っ」

自分ではどうしようもないとわかって、凜はドア横をキッと睨む。そこには、呆れた様子で腕組みをして、背を壁にあずけるルカの姿があった。

まるで、ぐずる子どもには手のつけようがないとばかりに、鈴音の剣幕がおさまるのを待つかのように、悠然と構えている。

「ルカ⁉　止めてよっ！」

凜が、なんで何も言わないのかと、ルカに憤りを向ける。

その声を聞いてようやく、ルカが壁から上体を起こした。鈴音の目には、まるで渋々の様子に見える。面倒くさいと思われているとしか考えられない。

鈴音がドアに辿りつくより早く、ルカがドアノブに手を伸ばす。鍵をかけられるのかと思いきや、その逆。ルカは鈴音のためにドアを開けてくれた。

帰りたいなら帰れということか？

ますます悔しさに駆られて、鈴音は唇を噛みしめる。

だが、どうやらそれは違った。廊下に出た途端、ホテルスタッフに前を塞がれ、荷物を奪われる。ルカが「車に運んでくれ」と命じた。

「ルカ……⁉」

何をするのかと質《ただ》しても、ルカは応じない。かわりに、鈴音の細い手首をがっしりと摑んで、自ら率先して廊下を進む。

その背を追うように「鈴音……⁉」と凛の不安いっぱいの声がかかったけれど、どうやらアレックスに引き止められたようだった。「なんで？」「どうして？」と、短い言葉の攻防のあと、聞こえなくなる。

「ルカ⁉　放して――」

そのまま強引に車に乗せられてしまう。ベルリンゲル家所有のリムジンではない。見たことのないイタリア車だ。真っ白なスポーツクーペ。

「帰るんだろう？　わかってるよ」

鈴音を強引に助手席に押し込んで、シートベルトをはめてしまう。

「違う！　僕は日本に……っ」

脱出する間もなく、車はホテルのエントランス前の車寄せを急発進した。

「……っ⁉」

驚いた鈴音は、あまりの勢いに言葉もなく。目を瞠ってシートベルトを握りしめているよりほかない。

それから数時間後。

有無を言わさず連れ帰られたのは、ベルリンゲルの館だった。

だが見慣れた光景を通りすぎて、敷地の奥のほうへとつづく未舗装の道路を車がゆっくりと辿る。

こんな場所があるなんて知らなかった。うっそうとした森を抜けると、いまは緑の葉を茂らせるばかりの果樹園が広がっていた。

樹木を観察して、アーモンドの木だと気づく。これだけの数が植わっていたら、春にはさぞ見栄えがするだろう。アーモンドは、桜によく似た花を咲かせる。

果樹園を通りすぎると、そこにはハーブ類を主体としたイングリッシュガーデンが広がっていた。薔薇《ばら》のアーチと、足元を覆う幾種類ものハーブ、草花。

群生するハーブ畑を縫うように敷石が置かれて、それを辿った先に、小さな家が建っていた。

小さいといっても、館やアグリツーリズモのホテルに改装されている離宮と比べての話であって、日本の標準的な一軒家とは比べようもない。

スイスの山小屋を思わせる、木とレンガを組み合わせた、まるで絵本の挿絵《さしえ》から飛び出してきたかのような可愛らしい家だった。どの角度から写真を撮っても、絵葉書にできる美しさだ。

「ここ……」

車から降ろされ、ルカに手を引かれる。

ハーブとさまざまな花を組み合わせた庭園は、自然な姿のままのようであって、緻密な計算の上に植えられていることがわかる。イギリス風の風景式庭園のミニチュア版のような印象だ。

蔓薔薇のアーチを抜けると、家の手前には菜園もある。

数種類のトマトが支柱に蔓を絡ませ、ズッキーニは座布団のように大きな葉を広げ、アスパラガスがにょきにょき。

もぎたてを調理したら、美味しいに違いない。

木製のレトロ感たっぷりなドアを開けると、室内もそれはそれは可愛らしい内装だった。

太い梁に白い塗り壁、温かな木の質感を重視した内装は、欧州の建築物にありがちな、石の冷たさを感じさせない。

壁際に並ぶマヨルカ焼き、足元のラグにはトリナクリアのモチーフ、パッチワーク細工のソファカバー。

リビングに置かれた調度品はどれもアンティークで、でもベルリンゲルの館にある博物館クラスの、本当にこれに腰を下ろしていいのだろうかと不安を覚えるようなものではなく、もっと生活に根差した逸品だ。

リビングと繋がるキッチンはアイランド式で、木の風合いを残しながらも最新鋭のシステムキッチンが組み込まれている。

リビングダイニングを抜け、廊下を進むと、突きあたりに、太陽光をめいっぱい取り入れられる大きな窓が印象的なバスルーム。

だがその手前で、ルカは足を止めた。ドアを開けて入った先は、ベッドルーム。キングサイズのベッドが置かれ、その向こうには壁一面の吐き出し窓。窓の外には木製のデッキがあって、窓を開け放つと外と繋がるように見える。そのサンデッキは、並びのリビングダイニングまで、ずっとつづいていた。

リビング前のサンデッキには木製のベンチとテーブルが置かれているが、寝室の前にはデッキチェアがふたつ並べて置かれている。

なんのためにこれほど解放的な空間が設けられているのか、サンデッキに連れ出されて気づいた。

さきほど通り抜けてきたアーモンド畑が、眼下一面に広がっている。気づかなかったが、家は少し小高い場所に立っていて、アーモンド畑の向こうに広がる森の景色まで含めて、まさしく絶景。絵葉書の世界。

いまは葉を茂らせるばかりで、それでも充分に美しいけれど、アーモンドの花が満開になったら、その光景はまさしく桃源郷《とうげんきょう》ではないだろうか。

「綺麗……」

陶然とした呟きが零れ落ちた。

そして気づく、目の前に広がるアーモンド畑も、その向こうの森も、そしてサンデッキの高さや角度も、すべての計算をされ尽くした上で、この景観が成り立っていることに。そうは見えなくても、この家は風景式庭園の一部なのだ。

つまり、この家も含めて、この光景は、ルカの作品、ということだ。

「ここ、って……」

疑問を呟く鈴音に落とされる、長嘆と、そして吐露《とろ》。

「満開のアーモンドの花を添えて、プレゼントする予定だったんだけどな」

予定がくるってしまったと、いま一度の嘆息。

「……え?」

意味を理解できなくて、鈴音はルカを見上げる。

「鈴音の誕生日の前に、アーモンドの花は満開になる。各地でアーモンド祭りが開かれて、春の訪れを知らせてくれる」

ルカが鈴音の誕生日を把握していることが驚きだった。

「逃げたいだけじゃないのか…って、以前、旦那さまに叱られたときに心を入れ替えなかった罰だな」

そんなことを自嘲気味に呟く。

そして、鈴音をデッキチェアへと誘った。

心地好い風が吹き抜ける。傾きはじめた太陽が、黄金色に輝いて、アーモンド畑をオレンジ色に染め上げようとしている。その向こうの森は漆黒をまといはじめ、遠くに望めるエトナ山は、その姿を宵闇に埋めようとしはじめている。

鈴音は、眼前に広がる景色に圧倒されるまま、腰を下ろした。そろそろ着なれない振袖が重く感じられはじめていたのだけれど、そんな疲れも吹き飛ぶ絶景だ。

「だいたいのところは察してると思うけど——」

そんな前置きをして、ルカは事の顚末《てんまつ》を語りはじめた。

アレックスにすら、ちゃんと話したことはないという。アレックスはすべて察していて、それでも見て見ぬふりをしてくれていたらしい。ありがたいと思っていると、ルカは静かに呟いた。

「ルカ……」

「子どものころは、嫌いだったな」

「……え？」

「この名前。お父さまがつけてくださったのよ、ってのが母の口癖だったから」

会いにも来ない父親がつけた名がなんだというのか。ルカ少年にとっては理不尽さの象徴だった。

ルカの母がブレスゲン伯と出会ったとき、恋に堕ちた相手に妻子があることは、わかっていたという。

イタリアは家族を大切にする国だ。その秩序を乱す行為が許されないことなど百も承知で、それでもルカの母は許されぬ恋に溺《おぼ》れた。ひとりでルカを産み、愛するひとに迷惑のかからないようにと身を引いて、実家に戻った。

母亡きあと、ルカは伯父夫婦に引き取られ、伯父を父と呼んで育った。祖父と伯父の背を見て育ち、ガーデナーを志した。

幼少時にはとくに、実父に会いたいと思ったことがなかったのかと訊かれれば、それはNOだ。けれど、慕情以上に、母と自分を捨てた相手だという気持ちのほうが強かった。養父母はやさしく、何不自由なく育ててもらったのも、実父を恋しく思わなかった理由だろう。

実父はいないものとして育った。自分の父は育ての父ひとりだと考えていた。

そんなルカのもとに、実父から手紙が届いたのは、ルカが若手ガーデナーの登竜門といわれるコンテストで最優秀賞をとった直後のこと。

ブレスゲン伯は、嫡子《ちゃくし》であったルカの異母兄を、事故で亡くしていた。ニュースでそれを知っていたルカは、実父の行動に失望した。

子を亡くした寂しさゆえの行動だと思っても、許しがたかった。

跡取りがいなくなったから？　妾腹の子が世間的に称賛を浴びたから？　だから父だと名乗りを上げるのか？

そんな卑屈な思いに囚われて、ルカは実父に対して心を閉ざした。

以来、事あるごとにブレスゲン伯は連絡を寄こした。家に帰ってこい、と。だが、自ら出向くことは一度としてなかった。

ブレスゲン伯が自ら会いに来たなら、ルカの頑《かたく》なな気持ちも解けたかもしれなかった。けれど、今回の一件を含めて、ブレスゲン伯自らが行動に出たことは過去に一度もない。それが、ルカをより頑なにした。

今回のガーデニングショーも、主催者に招待されていなければ、足を運んだりはしなかったはずだ。

事実、ルカの前には顔を出しもせず、なのに鈴音を攫《さら》ってルカを懐柔《かいじゅう》しようと画策した。

その気があるのなら、会場で声をかければよかったのだ。なのにブレスゲン伯はそうしなかった。実父と対話する必要などないと、ルカが考えてもいたしかたない。

「鈴音を巻き込んでしまった。怖い思いをさせて申し訳ないと思っているよ」

そう言って、ルカは鈴音に頭を下げる。鈴音は「いいえ」と首を横に振った。そして、これだけは伝えておいたほうがいいのではと思うことを口にする。頭を下げてくれるルカの姿を見て、思い出したのだ。

「お父さま、ルカが来る前に、僕に頭を下げられました」

「……え？」

ルカが驚いて顔を上げた。ブレスゲン伯と同じ色のその翡翠の瞳には、「ありえない」という感情が透けて見える。

「ルカに家に戻ってくるように説得してほしい、って。僕に頭を下げられたんです」

あの行動をどう受け取るべきなのか……ああすれば鈴音が納得すると思ったのか、それとも万策尽きての咄嗟の行動だったのか、わからないけれど、あのときの縋るような表情に嘘はなかったように感じる。

ルカは黙ったまま。鈴音の話を信じていないのかもしれない。とりあえず気になっていたことを告げて満足した鈴音は、話を本題に戻した。

「なんでそんな話をするの？」

視線を落とし、振袖の袂《たもと》をぎゅっと握る。

「鈴音？」

話の脈絡が繋がらなかったのだろうか、ルカが怪訝そうに名を呼んだ。その呼び方が、鈴音の心を逆撫でする。

「前みたいに、他人行儀に呼んでくれればいいですっ」

鈴音くんとしか呼んでくれなかったのに、なんで急に鈴音と呼び捨てなのか。それすらも計算ずくに感じられて嫌だった。

ルカはひとつ嘆息して、そして授賞式のためにセットしていた髪を指の長い大きな手でくしゃり…と乱す。そうすると、少しいつものルカに近づいた。

「怒ってるんだね」

苦笑気味に言われて、反発心が刺激される。鈴音は、声を荒げた。

「だって、ルカ、僕のことなんて、なんとも思ってないでしょう？」

喉のあたりに引っかかっていた言葉を吐き出して、大きく息を吸う。そしてさらに言葉を継いだ。

「お父さまにあてつけるために、僕を利用した。そんなこと、少しでも愛情があったらできないっ」

だからあの場面でキスなどできるのだ。恋人同士のキスを、見せつけるかのように……。

袂を握る白い指を震わせ、鈴音は大きな目に涙を溜める。けれど、泣くものかとあふれそうになるのをぐっと我慢した。

「そっか……そう受け取られちゃったか……」

呆れというより、唖然とした声音だった。これも逃げていた報いかな……と、ルカが自嘲する。

「あれは、事後に責任を負う覚悟で、誓約のつもりでやったことだったんだけど……しょうがないね、僕の誠意が足りなかったんだから」

こちらの覚悟を見せつければ、諦めてくれるだろうと思ってやったことだったのだけれど、たしかに鈴音の言うとおりだと反省の念を露わにする。

「もしかして、はじめてだった？」

「……え？」

鈴音の白い頬が、ぼふっと音を立てそうな勢いで赤く染まった。

「ごめんね」

夢見ていたファーストキスとまるでかけはなれたシチュエーションで奪われてしまって、ショックだったのかと合点のいった顔。鈴音は恥ずかしさのあまり唇を噛んだ。泣くまいと我慢している涙が、表面張力の限界を超えて零れ落ちそうだ。

横から伸びてきた手が、強く握り込んだ鈴音の手に重ねられる。それを鈴音は、邪険に振り払った。

ルカは少し驚いた様子を見せたものの、クスッと小さな笑みを零して、今度は振り払えない力で鈴音の手をとる。そしてぎゅっと握った指を開かせた。

「やだっ」

放してよっ、と手を引いても力でかなうわけがない。リーチの長い腕に肩を引き寄せられて、さらに逃げられなくされる。

「ルカ……っ」

振り仰いだ拍子に、我慢していた涙の雫《しずく》が頬を伝い落ちた。鈴音がきゅっと唇を噛む。その唇に、ルカの指が這わされる。頤《おとがい》を捉え、涙に濡れた唇をなぞり、そして見慣れない光を宿した翠眼が近づいた。

「ダメだよ。日本には帰さない」

「ルカ……?」

不躾な審査委員長に対峙していたときのルカとも、実父に啖呵《たんか》をきったときのルカとも違う。またも知らない一面を見せられた気持ちで、鈴音は困惑した。胸がドキドキと高鳴りはじめて、さらに困惑を深める。

そんな鈴音に、ルカがとんでもない提案を寄こす。いや、提案ではない。もはや命令だ。

「きみはここで僕と暮らすんだ」

そのために、ほとんど廃墟と化していた離宮をアレックスから譲り受けて、床から壁からすべてリフォームし、鈴音の好みを考えて庭にも手を入れたのだから……と、にこやかに言葉を紡ぐ翡翠の瞳も笑みを浮かべる口許も、おだやかなのに、逆らえない強さを感じるのはなぜだろう。

「……え？」

僕のため……？

「和室の工事はまだこれからなんだ。日本から職人を呼んでね、丸障子に鹿威《ししおど》し、素敵だろう？」

鈴音が存分に花を活けられる空間も、ちゃんと用意するつもりですでに発注がかけてあるのだと説明を補足されて、さらに目を瞠った。

「そ、そんな話、少しも……」

それ以前に、鈴音のアプローチなんてまるで子ども扱いで、相手にしてくれていなかったのに？

「恋と憧れは別物なんだよ」

鈴音の問いに、答えを全部教える教師のように、ルカが答える。けれど恋愛経験皆無な鈴音には、その意味が理解できなかった。

「……？」

「僕にガーデニングの才がなかったら、鈴音は愛してくれなかったのかな？」

ほらね、やっぱり……と言いたげに、ルカが苦笑する。鈴音は子どものように口を尖らせた。

「考える時間をあげたかったんだけどね。もういまさらだから、考えなくていいよ」

「……時間？」

そんなふうに言われて、大きな瞳を瞬く。すると、長い睫毛に溜まっていた涙の雫が、またほろり…と零れ落ちた。

おいおいわかるように教えてあげるから……と言われても、いまわからなければ鈴音にとっては意味がない。なのにルカは考えなくていいと言う。

わけがわからず困惑する思考に、またさらに困惑を呼ぶセリフが落とされて、もはや鈴音は返す言葉もないまま、綺麗な翡翠の瞳を間近に見上げているよりほかない。

「気づいてるだろうけど、僕は結構完璧主義なんだよ」

ニッコリと言われて、それはそうかも、と思う。でも、頷ける余裕もない。

「もっと時間をかけて、納得のいく仕上がりにして、完璧なシチュエーションでプレゼントするつもりで用意していたのに、こんな中途半端なことになっちゃった」

まったく予定外だよ……と、なんだか妙に芝居じみた長嘆を零されても、そうだったのか……以外に感想の抱きようもない。

「そのころには、きみも仕事を覚えて僕の補佐をこなせるようになっているだろうし、だから急ぐつもりはなかったのに」

いまさら修正は利かないしね……と、これはひとり言？　それとも自分は何か反応したほうがいいのだろうか？　でもなんて？

「ごめんね。もっとじっくり慣らしてあげられると思ってたんだけど、こうなっちゃったから、全部もらうよ」

「……はい？」

全部？　何を？——と思ったところで、ふいに視界が陰った。

「……っ！……んんっ！」

ブレスゲン伯の前で奪われたとき以上に、濃密な口づけだった。

いきなり深く唇を合わされたと思ったら、口腔に熱い何かが侵入してきて、鈴音の喉の奥までを犯したのだ。

それがルカの舌であることに気づけないまま、鈴音はすべてを開け渡し、翻弄されるよりほかない。

たっぷりと唾液を注がれ、全身から力が抜けきるまで貪られる。ようやく解放されたときには、息も絶え絶えだった。

ぐったりと、痩身をルカの胸にあずける。

完全に思考回路を停滞させた鈴音に、ルカは無体にも問いを向けた。まともに返せないことをわかってやっている。

「実家に戻るつもりはないんだよね？」

「……？」

鈴音は長い睫毛を震わせることしかできなかった。

「家元はお兄さんが継がれるんだっけ？」

「は…い？」

痺《しび》れた舌で、かろうじて返す。ＹＥＳの意味ではない。なぜそんなことを訊かれるのかがわからなくて問い返しただけだ。

「じゃあ、問題ないね」

よかった……と言われたところで、果たして何がよかったのか、鈴音にはチンプンカンプン。

「鈴音の才能は僕のものだ」

満足げに言われて、さすがに何か言葉を返さないとまずいような気がしてきた。

「あの……、わ……っ」

いったい何が……？　と、どうにかこうにか口を開こうとしたタイミングで、ふいに身体が浮いて驚く。反射的に、目の前の首に縋っていた。

振袖姿のまま、ルカの腕に抱き上げられたのだ。

啞然と目を瞠った先に、ルカの翡翠の瞳。瞬くこともできないまま見つめ合って、アーモンド畑の向こうに沈む夕陽のなか、いま一度口づけられる。

今度は、しっとりと合わせるキスだった。舌先に感じる場所を擽られ、甘く啄《ついば》まれて、脳髄がジ…ンッと痺れる。

意外にも揺るぎない腕に、くったりと痩身をあずけた。

この先に何が待ち受けているのかなんて、考えられる経験値はない。それでも、もはや逃げられないことだけはわかる。


壁一面のガラス窓から差し込む夕陽にオレンジ色に染まる寝室。

キングサイズのベッドにそっと下ろされて、鈴音は陶然とルカを見上げた。翡翠の瞳に、振袖の裾を乱した自分が映されている。薄化粧をされ、髪を結い上げた、いつもとは違う自分だ。

その倒錯感が、現実味を薄めているのかもしれない。背徳以上の何ものでもない。見下ろすルカにとってはなおさらだ。

「いけないことをしている気になるね」

そんなことを楽しそうに呟いたかと思ったら、上体がおおいかぶさってきて、またもキス。今度は執拗に口腔内を掻きまわされて、鈴音は息も絶え絶えに喘ぐ。その隙に、着物の裾を割られた。

「ひぁ……あっ⁉」

内腿を撫でられて、鈴音は驚いて声を上げる。色気には程遠い、子どもの声だ。けれどルカは満足げな笑みを口許に刻んで、遠慮のない手つきでやわらかな太腿を伝いあがった。

「やっぱり、穿《は》いてないんだね」

「……っ⁉　や……っ」

確認の言葉と同時に、いきなり局部を握られる。ロクな自慰行為すら知らない幼い欲望を大きな手に握られて、細い腰が跳ねた。

「やめ……いや……っ」

泣くまいと思った決意もどこへやら、鈴音は途端にボロボロと涙を流しはじめる。あまりの衝撃に、パニックに陥ってしまったのだ。

「この程度で泣いてちゃ、先には進めないよ」

遠慮する気などまるでない様子で、ルカの舌が涙を拭う。そうする間に、幼い欲望に指を絡ませ、しごいた。

「ひ……ぁっ、痛……っ」

いや、触らないで……と、鈴音が泣きじゃくる。時間をかけて……と言ったルカの言葉の意味がここでわかるくらいなら救いもあるが、あいにく鈴音の初心《うぶ》さは、そこにすら至らないレベルだった。

純粋無垢な肉体を暴く背徳と高揚感を存分に味わいながら、ルカは泣き濡れる鈴音の表情を観察する。

「そんなに泣いたら、大きな目が融けてしまうよ」

またも涙を舐め取られて、鈴音は長い睫毛を瞬く。恥ずかしい行為をやめてくれるのかと少し期待したけれど、当然のことながら淡い期待に終わった。

「いや……擦らな…で……、でちゃ……ぅ」

えぐえぐと泣きながら、膝頭を擦り合わせるものの、ルカの手に容易《たやす》く割られてしまった。

「痛いの？」

コクコク。

「手でいじられるのいや？」

コクコクコク。

「じゃあ、こうしようか」

おもむろにぐいっと膝を割られた。

「……っ⁉」

着物の裾が酷く乱れて、卑猥《ひわい》極まりない恰好に持ち込まれる。

長襦袢《ながジュバン》を捲られ、下着をつけていない局部を露わにされた。そこでは、ルカの指にいじられて屹立《きつりつ》し、しとどに蜜を零す淡い色の欲望が、ピクピクと震えている。

なんとも可愛らしく、そして卑猥な光景だった。

華やかな振袖を乱されて、細く白い足を開かされ、その中心で可愛らしい欲望が頭を擡《もた》げているのだから。

あまりのことに抵抗もできず、鈴音はただ呆然と目を見開くばかり。

その鈴音の視界の中心で、ルカがゆっくりと上体を屈めた。まるで鈴音に見せつけるかのように、ぷるぷると震える欲望にねっとりと舌を這わせ、そして口腔に咥えてしまう。

「ひ……っ！」

白い喉から悲鳴が迸《ほとばし》った。身動きもかなわないまま、鈴音はルカの愛撫を受け入れる。

自分の手しか知らなかった欲望が、熱い粘膜に取り込まれ、きつく絞り上げられて、鈴音は痩身を震わせる。とんでもない声があふれ出そうで怖くて、両手で口を覆った。

「ひ……うっ、う……んんっ！」

幼い欲望は、あっという間に頂《いただき》に追い上げられて、ルカの口に白濁を放ってしまう。

「――……っ！」

ビクビクと腰を震わせて、鈴音は衝撃に耐えた。ルカの頭を、太腿で締めつけてしまう。瞼《まぶた》の裏が真っ白に染まるような、未知の快感だった。

「甘いね」と白濁に濡れた唇を舐め取りながら、ルカは「ダメだよ」と口を覆う鈴音の手を外してしまう。

「可愛い声が聞けなかった。いけない子だ」

そして、少々乱暴に振袖の帯をゆるめると、その下から引き出したやわらかな生地の紐で、鈴音の両手首をひとつにまとめて縛ってしまった。そして、頭上に縫いつける。

「口を塞いじゃだめだよ」

ゆるく括られただけ、しかも何かに括りつけられているわけではないのだから。両手首がまとめられていたところで口を塞ぐことはできるのだけれど、まともに思考回路が働いていない状態での命令は、絶対的な効力を持っていた。

ベッドに転がされた鈴音は、両腕が自由にならない錯覚に陥って、痩身を震わせる。

「や……だ、ルカ……っ」

解放の余韻に震える肉体を拘束され、幼い肉体の奥から不埒《ふらち》な熱が湧き起こる。何も知らないはずなのに、ルカの指に触れられて、未知の熱がふつふつと沸き立ちはじめる。

吐き出したものに濡れる局部をさらに大きく開かれて、鈴音は恐怖に駆られた。

またも口腔に囚われ、欲望が翻弄される。一度放ったその場所は、先以上の敏感さで、ルカの舌に反応した。

「や……痛…いっ」

強く吸わないで……っ、と泣いて懇願《こんがん》する。男を煽るものでしかないセリフであることなど、鈴音にはわからない。

すると、口淫が解かれ、ホッと安堵《あんど》したのも束の間、今度はさらに奥まった場所に舌が這わされて、鈴音は仰天した。

「い……や、あぁっ！」

細い足が胸につくほどに折り曲げられる。露わにされた後孔をこじ開けるかのように舌先が抉《えぐ》って、「ひ……っ」と悲鳴を上げた。

遠慮のない舌と指とが、ありえない場所を拓いていく。浅い場所を擦られて、細い腰が跳ねた。

「や……苦し……」

帯の締めつけが苦しくなって喘ぐと、帯が解かれ、重い振袖が剝ぎとられる。けれど最後に残った一枚、はだけた長襦袢は肩にはおったまま、足袋《たび》も履《は》いたままの恰好で、また太腿を割られた。

「ひ……ぁっ、あぁんっ！」

恐怖と衝撃とに埋め尽くされていた感覚が、やがて違う色を帯び、感覚が鋭敏になっていく。肉体が快感を追いはじめて、鈴音は白い喉から甘い声を迸らせた。

ルカに声を殺すなと言われたために、暗示にかかったかのように、鈴音は素直に甘い声を上げて喘ぐ。

「あ……ぁっ、や……なん、か……奥……へんっ」

奥のほうがズキズキと疼く。

その未知の感覚を追いきれず、鈴音は啼いた。

「い……や、ヘン…だよ、奥……あぁんっ！」

内部を探る長い指が、感じる場所を押し上げた。

「ひ……ぁっ、あぁっ！」

けれど、ルカの指に根元を押さえつけられて、解放には至らない。内部をいじられるたび射精感が襲うのに、吐き出せないもどかしさ。

「やめ……放し、て……っ」

いやいやと頭を振りながら身を捩《よじ》る。ルカの指を外させたいのに、暗示にかかった鈴音は両手を動かせない。

鈴音の欲望を嬲っていたルカの手が外されて、安堵すると同時に、今度は薄い蜜を吐き出した。

「――……っ！」

白い肌に散った情欲を塗り込めるかのように、ルカが手を這わしてくる。その指先がツンと尖った胸の突起を捏《こ》ねて、鈴音は「ひ……っ!」と声を上げた。愛らしい小さな突起がぷくりと立って、美味しそうに色づいている。

それに引き寄せられるかのように、ルカが上体を倒す。胸の突起に舌を這わされ、捏ねられて、鈴音は啜り啼《な》いた。後孔を嬲る指はそのままに、内壁を擦り上げ、徐々に徐々にその場所を蕩かしていく。

「あ……ぁんんっ! ふ……っ」

蕩けきった表情で、鈴音はルカを見上げた。

朦朧《もうろう》とした思考下で、アレックスの膝に乗せられていた凜は、こんな感じだったのだろうかと想像してみる。

けれど、意識をほかに向けたことを咎《とが》めるかのようにルカが指を増やしてきて、鈴音は小さな悲鳴を上げた。

「かわいそうに。こんなに狭《せま》くて硬い場所をこじ開けられて。こんなに細い腰で……大丈夫かな」

自分でやっておきながら、だからゆっくり時間をかけてと思っていたのに……などと恩着せがましく言う。その声が妙に愉快そうで、鈴音は涙に濡れた瞳を上げた。

「可愛いね、鈴音。うんといじめて泣かせたくなるよ」

甘い声が恐ろしい言葉を紡ぐ。けれどいまの鈴音には、その意味を正しく理解できない。泣かせてしまうのがわかっていたから自重していたのに……なんて男側の言い訳も、あずかり知らぬことだ。

「ル…カ……」

何がどうなっていて、このあと何をされるのか？　救いを求めるような気持ちで見上げても、ルカは翡翠の瞳に強い情欲を滲ませ、愉快げに細めるのみだ。

内部を抉っていた長い指が引き抜かれる。

安堵と、同時に襲う喪失感。

大きく開かれた足の付け根に、熱く硬いものが触れた。興味に駆られるままに視線を落として、鈴音は凍りつく。

——……え?

ルカの欲望が、鈴音の後孔の入り口を擦り上げて、たまらない感覚を覚えた直後、脳天まで突き抜けるような衝撃が襲った。

「ひ……っ！」

ズンッと容赦なく一気に最奥まで貫かれて、痩身が跳ねる。痛みよりも衝撃のほうがすごくて、鈴音は状況を把握できないまま荒い呼吸に喘いだ。

「ひ……ぁっ、あ……っ」

全身が痙攣する。それを宥めるように、ルカの手が鈴音の肌を這う。両手首の拘束が解かれて、「摑まって」と首に促された。

ようやく体温に縋ることを許されて、ホッと安堵が襲う。そうしたら、大きなものに穿たれた内部が、ヒクリ……と戦慄いた。

「ん……っ」

ルカの肩に額を擦りつけ、甘えるように縋ると、髪に口づけられる。腰を支える大きな手が臀部を撫でて、狭間《はざま》を探る。

「や……っ」

電流が走ったかのような感覚を覚えて、鈴音は小さな悲鳴を上げた。無意識に、腰が揺れる。

「覚えがいいね」

感じやすい身体だ……と、ルカが耳朶に感嘆を落とす。そして、ゆるり……と腰を揺すった。途端襲う、強烈な感覚。

「ひ……ぁっ！」

穿つ欲望が、敏感になった内部を擦り上げる。硬い切っ先に抉られる感覚が、たまらない快感だと、鈴音の肉体が認識した瞬間だった。

「あぁ……っ！」

ゆるく浅く掻き混ぜられ、甘ったるい悲鳴が上がる。それがやがてさらに濡れたものへと変わって、その変化を見とったルカが、抽挿《ちゅうそう》を速めた。

「ひ……ぁっ、あんっ、あ……ぁっ！」

律動に押し出されるように声があふれて止まらない。

広い背にひしと縋って揺さぶりに耐え、本能に促されるままに細い下肢を、律動を送り込む腰に絡めた。もっとと引き寄せる動きを見せたのは、まったく無意識の行動だ。

「い……ぁっ、あ…んっ」

甘い声が上がる。

「気持ちいいの？」

耳朶に問われて、素直に「気持ちいい……」と答えた。

奥を突かれるのがたまらない。浅い場所を掻きまわされるのも好きだ。

「気持ち…い……、あ…んんっ！」

抽挿がさらに速まる。

あふれる声が掠れ、悲鳴となった。

「――……っ！」

「……っ」

鈴音が、もはや何度目かわからない頂に追い上げられ、声にならない声を上げた直後、最奥で熱い飛沫《ひまつ》が弾ける。

「は……ぁ、……っ」

熱い情欲が粘膜から細胞のひとつひとつへ沁《し》み込んでいく感覚。ルカの情欲に汚された倒錯感が、鈴音の肌を粟立《あわだ》たせる。

けれど、はじめての体験に疲れきった肉体は、次なる欲望を追い求める以上に、休息を欲した。

鈴音の意識がブラックアウトする。

「鈴音？」

ルカの少し焦《あせ》った声が鼓膜に心地好い。

「ルカ……大好き……」

夢現《ゆめうつつ》に、精いっぱいの告白をした。

このあとのことは、夢だったのか現実だったのか、鈴音のなかですでに定かではなかった。

「愛しているよ」

実ははじめて会ったときからね…と、この場限りの吐露とともに、ルカがやさしいキスをくれる。そしてぎゅっと抱きしめてくれた。

翌朝、鈴音は、ルカの腕のなかで目を覚ました。

カーテンの引かれていない窓から燦々と太陽光が降り注ぐ。その向こうに幻影を見た。

「……っ！」

慌てて飛び起きて、全身を襲った激痛に呻《うめ》き、ルカの胸に突っ伏す。

「鈴音？」

大丈夫？　とルカが痩身を支えてくれる。もっとゆっくりしていていいんだよ、と胸に引き戻してくれようとするのを、鈴音は「外！」と制した。

「花が……っ」

「……え？」

寝室の窓から眺められる絶景。二月にはアーモンドの花が咲き誇る桃源郷。いまはまだ緑の葉が生い茂っているはずの木々にピンク色に輝く満開の花を見たのだ。

「まだ花の時期じゃないよ」

ルカが静かに応じる。

「でも……っ」

昨夜少々無茶をされて自由の利かない身体を、ルカが支えてくれる。そうして、鈴音は自分の目の錯覚を知った。

満開の花だと思ったのは、朝陽を反射して輝く緑の木々だったのだ。それが角度的に黄金色にも薄桃色にも見える光を放って、まるでアーモンドの花が満開になっているかのような幻影を見せた。

ということは、雨天でない限り、寝室からは毎朝この光景が見られるのか……。

「すごい……綺麗……」

筆舌《ひつぜつ》に尽くしがたいとはまさしくこういうことをいうのかと納得させられる。

「この景色を、鈴音に見せたかったんだ」

「ルカ……」

「もちろん、本物の花が咲き誇る春の景色も素晴らしいけどね」

次の春には日本のように花見をしようと言われて、鈴音はきゅっとルカの首に縋る。そして「約束ね」と可愛く返した。

ルカの唇が、鈴音の首筋を擽り、大きな手が昨夜の余韻をたたえた痩身をなぞる。

「くすぐったい、よ……」

首に縋った恰好で訴えると、「くすぐったいだけかい？」と笑われた。鈴音は頬を染めて視線を落とす。そして素直に言葉を紡いだ。

「身体がヘンなんだ。奥がまだジクジクする」

これって普通のことなの？　と首を傾げて問う。無垢さゆえの無知は、ある意味犯罪行為に近い。

「いけない子だね。そんな可愛い顔で大人を翻弄するなんて」

ルカが長嘆を零す。その気持ちは、アレックスになら理解可能だろうが、当然鈴音にはわからない。

「翻弄？」

お仕置きが必要だと言われて、抱き上げられ、何をされるのかと思いきや、運ばれた先はバスルームだった。

バスルームからも、アーモンド畑が一望できる。解放感たっぷりの空間は明るい朝陽に満たされている。

自動給湯でたっぷりと湯の張られたバスタブに、ルカに抱かれたまま沈められた。

気持ちいい……と、肩まで湯に浸かったのも束の間、ルカの手が湯のなかで不埒な動きを見せはじめて、鈴音は慌てた。

「ルカ……？」

「お仕置きだって、言ったよね」

昨夜は一回で気絶されてしまって、こちらはまだまだ足りてないのだと、ルカが鈴音の痩身を胸元深くに抱き込みながら言う。そして、鈴音のなめらかな双丘を揉《も》んだ。

「ここが、疼くの？」

「ん……っ、ダメ、さわっちゃ……」

鈴音が息を乱す。

「奥がヘンなんだろう？　ちゃんと確認しないとね」

「ル…カ、……あぁんっ！」

バスルームに響く声の激しさに、鈴音はぎょっとして目を見開く。けれど、甘ったるく口づけられて、文句も悲鳴も喉の奥に消えた。

残ったのは、濡れた吐息と乱される湯音だけ。

「逆上《のぼ》せ…ちゃう……っ」

「大丈夫。そうしたら、デッキチェアでお昼寝をしよう」

きっと心地好いはずだから……と言われて、鈴音はいま一度窓の外へ視線を投げる。

早く満開のアーモンドの花が見たい。花が咲き綻ぶ瞬間も、ルカとこうしていられたらいい。

そんなことを考えて、鈴音は広い背にぎゅっと縋る。そして「気持ちいい……」と、甘い声で呟いた。

エピローグ

焦《こ》げ臭い匂いを嗅いだ気がして、ルカは目を覚ました。

しまった……！　と飛び起きる。案の定、隣に鈴音の姿がない。

異臭はキッチンから漂ってくる。何もしなくていいと何度も言い聞かせているはずなのに、今日もまたチャレンジしたのか……。

パジャマ代わりのスウェットにTシャツ姿で起き出すと、日本から持ってきた割烹着《かっぽうぎ》とかいうエプロンのようなものを身につけた鈴音が、ガス台の前でおろおろしていた。

「おはよう」

手元を覗き込むと、真っ黒焦げの目玉焼き。どうやったらここまで炭化させられるのか、謎なほどの物体が出来上がっていた。

「ルカ……」

大きな目に涙を溜めて、鈴音が振り返る。

「ごめんなさい。またやっちゃった……」

ルカのために朝食をつくろうと奮闘すること数回……十数回……いや、もっとか？　鈴音はそのたびに鍋やフライパンを焦がし、料理ではない何ものかを制作し、キッチンに焦げ臭を充満させている。

華道の家元の次男として何不自由なく育ち、炊事などしたことがないのだからしかたない。お茶を淹れたり膳を正しく配置したりといったマナーに分類されることは得意だが、日常的な家事は壊滅的だった。とくに料理は、美味しいまずいという前に、食べられないのだから評価のしようもない。

だから、何もしなくていいと言ってあるのだけれど、存外と頑固で気丈な鈴音は、それではいけないと毎度がんばって、その都度同じ結果を生んでいた。

「火傷しなかった？」

「……はい」

しゅんっと肩を落とした表情も愛らしい。

「僕がやるから、見てるんだよ」

「はい」

一緒につくればいいとルカがキッチンに立つ。片手で卵を割り入れ、鈴音好みの半熟具合に焼き上げる。

「おいしそう！」と歓声を上げた鈴音が、「ルカがつくると簡単そうなのに……」と口を尖らせる。

「子どものころからしてるしね。大丈夫、慣れだよ」

料理というのは多分にセンスが必要で、ベテラン主婦だろうが料理ベタは存在するし、それまでほとんどキッチンに立った経験がなくてもすぐにコツを掴んで美味しい料理をつくれるひともいる。だからルカの言葉は気休めでしかないのだが、そうでも言わないと可愛い顔をして負けず嫌いな鈴音は、一日中でもキッチンに立っているだろう。

手早くつくった朝食を向き合って食べ、午前中は凜と語学の勉強に勤《いそ》しむ鈴音をベルリンゲルの館まで送り届ける。

昼には合流して、ガーデナーやアグリツーリズモのスタッフたちと一緒にランチをとり、午後からは一緒に庭仕事。

その合間に、ルカは少しずつこの家を完成へと近づけている。

午前中の勉強を終えてランチに行こうとしたところで、鈴音はドナッジオに呼びとめられた。

老執事の手にしたトレーの上には、一通の封書。紋章を模った透かし模様が、ブレスゲン伯からのものだと教えてくれる。

「どうぞ、旦那さまにはご内密に」

ドナッジオらしからぬ計らいだった。

「ルカに渡しても、きっと開封しておらぬのでしょう。これ以上こじれる前に、鈴音さんにひと肌脱いでいただけないかと思いまして、出すぎた真似と思いつつも、ご提案をさせていただきました」

ブレスゲン伯からは、その後も書簡が届きつづけているが、ルカは開封したことがない。鈴音はそのたび「読まないの？」と尋ねるのだけれど、ルカは「気にしなくていい」と取り合わないのだ。

「おあずかりさせていただきます」

鈴音が封書を受け取ると、ドナッジオは片眼鏡の奥の目元に深い皺を刻んだ。

いくら恋人とはいっても他人は他人。手紙を盗み見ることに抵抗がないわけではなかったけれど、それ以上に大切な問題があると自身に言い聞かせて、そっとペーパーナイフを入れた。

手紙はイタリア語で書かれているが、とても綺麗な文章なのが幸いして、鈴音にも読解可能だった。

文面に目を通して、そして考えを巡らせる。

「ドナッジオはなにも知らなかったことにしてね。僕が勝手に開封したことにしておいて」

ドナッジオがアレックスに叱責を受けるようなことがあっては申し訳ない。

「ですが、それでは……」

自分のしでかしたことの責任をとるつもりはあるとドナッジオが首を横に振るのを、鈴音は懸命に説得した。

「いいの。お願い」

鈴音が強く言うと、ドナッジオは「かしこまりました」と頷く。

その夜、鈴音は一通の手紙を書いた。

まだまだ堪能とはいえないイタリア語で、それでも懸命に想いを綴《つづ》った。

真摯な想いは伝わるものだ。

間もなく、ルカのもとに一通の依頼書が届いた。


渋い顔で書類に目を通すルカの傍らに立って、鈴音は不自然にならないように注意しながら、「どうしたの?」と尋ねた。

窓枠に腰をあずける格好で書類を手にしたルカが、傍らの鈴音に視線を落とす。鈴音の大きな瞳をじっと見て、それから「仕事の依頼だよ」と書類を手渡してきた。

そこには、鈴音の期待どおりの文面が並んでいた。ブレスゲン家からのガーデンデザインの依頼書だ。

ガーデナー、ルカ・ヴィアネロに庭をデザインしてほしいと書いてある。いくつかの条件と希望が箇条書きにされているが、それさえ満たしていれば、あとはルカの自由にしていいと記載されていた。

「お受けするよね？」

父親のこととなると頑なになってしまうルカに、恐る恐る尋ねる。

ついつい大きな瞳が期待に輝いてしまっていることに、鈴音は気づけない。そして、感情のわかりやすい鈴音が考えていることなど、ルカにはお見通しであることも。このときルカが「そういうことか」と密かに納得したことも。そして、内心の苦笑とともに愛しさを覚えたことも。

「どうしようかな」

「受けようよ！」

思案のそぶりを見せるルカに、つい勢い込んでしまう。

「どうして？」

「え？　だ、だって……っ」

訊き返されるとは思わず、答えに窮《きゅう》した。

翡翠の瞳に上からじっと見据えられて、鈴音は大きな瞳に困った色を滲ませる。ルカの口許には笑み。

「鈴音は、受けたほうがいいと思う？」

「もちろん！」

ルカの胸元に縋るように大きく頷く。ルカはやっぱり鈴音の顔をじっと見て、そして苦笑気味に言った。

「じゃあ、受けようかな、この仕事」

「ホントに⁉」

バンザイしそうな勢いで確認をとる。

ルカは、「仕事をえり好みできるほど偉くはないからね」と謙遜《けんそん》を口にした。でもそれは嘘だ。いまやルカ・ヴィアネロにガーデンデザインを依頼したい個人も企業も列をなしているのだから。

「北イタリアは整形庭園が多いのでしょう？　あえて風景式庭園をつくるのも面白そう！」

現地の状況を確認しなければ庭の設計ができないのはわかっているけれど、鈴音は想像を膨らませずにはいられなかった。

「鈴音」

腰を抱き寄せつつ名を呼ばれる。

「……？」

顔を上げたら、唇でチュッと甘い音がした。

「なに？」

目を丸くする鈴音を、リーチの長い腕が懐に抱き込む。

「ルカ？」

どうしたの？　と長い睫毛を瞬いて首を傾げる。鈴音の愛らしい仕種に目を細めて、ルカは口許に意味深な笑みを浮かべた。

この夜、鈴音は眠らせてもらえなかった。

「お仕置きだよ」と言われ、一晩中あんなことやこんなことをされ、あんなことやこんなことまでさせられて、喉が嗄《か》れるまで啼かされた。

でも最後にルカは、意識を朦朧とさせた鈴音をぎゅっと抱きしめて、「ありがとう」と言ってくれた。


アレックス宛に、ブレスゲン伯から新作庭園のお披露目パーティの招待状が届いたのは、季節がひとつ移り変わってからのことだった。

同じものが、鈴音宛にも届いた。ルカの助手としてついていくのではない。直接の招待だった。ルカはもちろん、主賓として招待されている。

ようやく父子がちゃんと向き合うことができたのだと、鈴音は胸躍《おど》らせ、指折り数えてパーティ当日を待った。

よもや、自分が標的になっているなんて、考えもしないことだった。

庭園の完成を素直に喜び、ルカの実父から直接招待状をもらえたことを、ただただ純粋に喜んでいたのだ。

アレックスのスタイリスト的役目も担っているのか、パーティの控え室にはソフィアの姿があって、アレックスと主賓のルカはもちろん、鈴音と凜も、ほぼ彼女の着せ替え人形と化した。

アレックスとルカが正装なのはいいとして、凜が真っ白なパーティスーツでユニセックスに着飾らされているのもいいとして、どうして自分は……っ！

「ソフィアさん、これ……」

「ガーデニングショーでのルカの作品は評判だったの！　花を活けていたオリエンタル・ビューティーは何者だって、みんな興味津々だったんだから！」

ルカを思うなら話題づくりに協力しなさい！　と言われてしまっては、おとなしく振袖に袖を通すよりほかかない。

ガーデニングショーで着たのとは、また違う作家の一点もの。このために日本から取り寄せたらしい。

ウイッグを免《まぬか》れたのは、シチリアに来てから鈴音の髪が伸びて、そのままにしていたからというだけのことであって、自毛を結われ、ガーデニングショーのときと変わらないほど華やかに飾りつけられる。

そして、性別にはあえて言及することなく、ルカの傍らに立った。

ルカがブレスゲン伯の要望に応えるかたちで手掛けたのは、これまでブレスゲン邸に見られた整形庭園とはまるで違う、風景式庭園に日本の回遊式庭園の手法を盛り込んだ、オリエンタルかつナチュラルな庭園だった。

その斬新さは招待客の度肝《どぎも》を抜き、ブレスゲン伯が呼び寄せたマスコミも大絶賛。明日にも新聞や雑誌で大きく取り上げられることだろう。そしてしばらくの間は、社交界の話題を攫うに違いない。

ブレスゲン伯は、それはそれは自慢な様子だった。上機嫌で招待客に対応し、ルカのセンスを褒めちぎる。

事情は複雑だが、そこにあるのは、愛息子を自慢する父親の姿そのものだ。

あいさつも早々に退散してきたアレックスが、「怒る気も失せてるんじゃないか?」とルカの耳朶に笑いを落とす。ルカは「呆れるのも通り越して笑えます」と肩を竦めた。

ブレスゲン伯が、ルカを実子と公表したわけではないが、社交界の裏事情に通じている者のなかにそれを知る者は少なくない。上流社会というのは暇人の集まりだというのは、アレックスの談だ。

だから、ブレスゲン伯の庭自慢を、イコール息子自慢と受け取っているひともいるわけで、それを許してしまった時点で、ルカにはもう、何も言えないのだった。

「こういうやり方もあるんだ……素敵!」

煩いマスコミをアレックスが制してくれたおかげで、ルカとゆっくり庭園散策をすることがかなった。

広い庭園をルカに手を引かれる恰好でぐるっと散策して、戻ってきたら、あれほど騒がしかったマスコミの姿は消え、ブレスゲン伯が庭園の東屋でお気に入りのエスプレッソのカップを傾けていた。

ルカと鈴音の姿を認めて、カップをソーサーに戻し、腰を上げる。

「今日は、我が家自慢のスパイスティーを、召し上がっていただけますかな?」

鈴音とルカに椅子を勧めながら、ブレスゲン伯は以前のやりとりを持ち出して笑った。

「はい、ぜひ」

あのときも本当は飲みたかったのだと鈴音も微笑む。

すでに申しつけてあったのだろう、ふたりが腰を下ろすとすぐ、自慢の逸品だというスパイスティーが届けられた。

ふわり……とスパイスの香りが漂う。オリエンタルな香りは、欧米人に好まれそうだ。ミルクと蜂蜜が添えられていたが、鈴音はストレートで口に運んだ。スパイスのブレンドバランスが素晴らしく、ストレートティーでも甘みを感じる。

「美味しい……！」

思わず感嘆の言葉が零れた。それを見て、ルカはようやくカップに手を伸ばす。口に含んで、そして頷いた。言葉はないが、気に入ったようだ。

造園のためにこの館に通っている間、ルカはブレスゲン伯とちゃんと話せたのだろうか。いまふたりの間には、以前のような刺々《とげとげ》しい空気はないものの、決して親密な印象でもない。どこかまだ、薄い壁がある。

鈴音が美味しい紅茶で一息ついたタイミングで、秘書がブレスゲン伯に耳打ちしに来る。それに頷いて、伯はルカに言葉を向けた。

「もうひとつの庭園は見てもらったのかな？」

「いえ。ですがあれはプライベートの……」

ブレスゲン伯の言葉に、ルカが怪訝そうに返す。

——もうひとつ……?

この素晴らしい風景式庭園のほかにも、造園したというのか? そんな話、鈴音は聞いていない。

「彼にこそ見てもらいたい。——私が案内しよう」

ルカに促されて、鈴音はブレスゲン伯につづいて、風景式庭園のさらに奥へと足を進めた。

果たしてそこには、まるで別世界が広がっていた。

「日本家屋……」

平屋建ての日本家屋と枯山水、奥に見えるのは茶室だろうか。とてもここがイタリアとは思えない空間が広がっていたのだ。

白砂には波紋様、宇宙的に配置された庭石、美しく刈り込まれた植木と、遠くに人工の滝も見える。

滝の姿は、風景式庭園からも望めるものだと気づいた。ひとつの滝を角度を変えて見ることで、まるで違った景観に見せているのだ。

「まさか、これもルカが⁉」

鈴音が驚きの顔を向ける。ルカは「勉強途中だから、見せたくなかったんだけどね」と苦笑する。

日本庭園は門外漢だと辞退したルカに対して、完全にプライベートな空間にしかするつもりはないからつくってほしいとブレスゲン伯が強く希望した。すでに日本家屋は立てられていて、あとは見合う庭を造成するだけになっていたらしい。

以前から日本庭園に興味のあったルカは、勉強させてもらうつもりで、それでもいいのなら…と依頼を受けたのだという。

鈴音が思っているよりも、もしかしたら父子の関係は修繕されているのだろうか。鈴音はわからなくなった。

長くつづく縁側は、いまや日本でもほとんどお目にかからなくなった。けれど鈴音にとっては慣れ親しんだもので、実家を思い出す。

三沢邸は、生け花の弟子や関係者が出入りすることも多く、華道関係の催しが行われることもあるために、広い庭に畳の間とそれを囲む縁側が設けられていた。

少しのホームシックに駆られながら、家屋に上がる。縁側から眺める庭は、まるで一幅の絵画のようだった。

「どうです？　日本のおうちを思い出しますかな？」

「はい。よく似て――」

答えかけて、鈴音は言葉を切った。

まさかルカは、依頼をいいことに、鈴音から話に聞く三沢邸に似せてこの庭をつくったのでは……？　そしてブレスゲン伯がそれを容認したなんてことは……？

「靴を脱いで部屋に上がるというのも、解放的でなかなかいいものだ」

満足げに言って、ブレスゲン伯は奥の間へ。

あとにつづいた鈴音は、開け放たれた襖《ふすま》の向こうの空間を目にして、唖然と目を瞠った。

「これ……」

いわゆる、神前式の祭壇。

正面には神殿、その左右に几帳《きちょう》、両家二十名ほどが参列できる胡床《こしょう》が並び、すべてが白木で、美しい。

開け放たれた障子から日本庭園が望める空間で、人前式の結婚式を挙げられる準備が、完璧に整えられていた。

「なるほど、これがしたかったわけですか」

呆れた声で言うのはルカ。もしかしてそのために自分に庭をつくらせたのかと、ブレスゲン伯に問う。

「日本人の花嫁を迎えるのなら、やはり日本式がいいのではないかと思ってね」

愉快そうに言って、隣室につづく襖を開ける。

「……はい？」

いったいどういう意味……？　と問う前に、鈴音は口をあんぐりと開ける羽目に陥った。

開けられた襖の先に、さらに驚愕《きょうがく》の光景があったのだ。

「……？」

衣桁にかけられた白無垢、その隣に振袖、さらには純白のウエディングドレス。

思わずヒクリ……と頰が引き攣った。

「……ルカ？」

どういうこと？　と問う眼差しを向ける。ルカは「え？」と翡翠の瞳を見開いた。

「いくら凜がドレス着たからって、これって……」

アレックスにはめられる恰好で、たしかに凜は純白のウエディングドレスを着た。なんで自分が！　と文句を言いながらものせられて、花嫁姿で愛を誓ったのだ。

「僕じゃないよ」

ルカがホールドアップする。困った声ではあるが、その目は笑っている。

「じゃあ、誰がこんな……っ」

言いかけて、恐る恐る背後を振り返った。そこには、満足げな笑みを浮かべるブレスゲン伯の姿が……。

「……伯爵閣下？」

どういうことですか？　と問う。

「日本から最高級品を取り寄せたのだよ」

そんなことを訊いているのではないと、鈴音は頭痛に襲われる。

建築に時間がかかる日本家屋はそもそも趣味で建ててあったものだとしても、庭と小道具類は、この茶番のためにわざわざ用意したというのか……？

「……僕、男です」

それがわかったから、あの日――ガーデニングショーの日、ブレスゲン伯はルカと決裂したのではなかったか？　ルカに、男の恋人がいる跡継ぎなど冗談ではないと思っただろう？　と指摘されて、あのときブレスゲン伯は何も言わなかった。驚きを顔に浮かべて、立ち去るルカを引き止めはしなかった。

ガーデニングの依頼をしてはどうかと鈴音が密かにブレスゲン伯に持ちかけたのは、自分を認めてほしかったからではなく、ルカと仲直りしてほしかったからだ。

「許してもらえないのはわかってます。でも……」

揶揄されているとは思いたくない。でも、冗談だとしか思えない。

するとブレスゲン伯は、参列者席の一番前に腰を下ろして、そして言った。新郎の親が据わる場所だ。

「あのときさみは、私の図々しい依頼を、毅然と跳ねのけた。大和撫子《やまとなでしこ》というのは、きみのようなひとのことを言うのだと思ったよ」

「ですから……っ」

大和撫子は芯の強い女性を称賛する言葉だ。自分に向けられていいものではない。

「生物学上の問題ではなく、精神性の話だよ」

唖然として、そして愉快さに駆られた。

決して自分を主張することなく、ルカとの関係を気遣った手紙にも、心を打たれた。

だから鈴音の提案を受け入れたのだと言う。

「正直、どうするのが一番なのか、古い人間である私にはわからない。ただ、日本が恋しくなったら、この庭を見に来てほしい。そしてこの縁側で、この年寄りの話し相手をしてもらえると嬉しいのだが……」

たとえ茶番にしか見えなくても、すべてはブレスゲン伯なりの、鈴音とルカへの誠意だったのだ。

「僕は、家に戻る気はありません。一生、一ガーデナーとして生きるつもりです」

ルカが鈴音の肩を引き寄せて言う。

いまさら貴族の跡取りとして社交界デビューする気はない。あふれる創作意欲のままに、ガーデンアートの世界を追究していくつもりだ、と……。

「それもいいだろう。この才を潰しては、イタリア貴族の名折れだ。しかし、契約時の条件どおり、手入れと管理には来てくれるのだろう?」

美しい庭を眺めながら、ブレスゲン伯が頷く。その声はおだやかだった。

「ええ。お約束します」

そうだった。ブレスゲン伯からの依頼書と、その後交わした契約書には、「ガーデンデザイナー、ルカ・ヴィアネロが直接、管理と手入れを行うこと」という一文が添えられていたのだった。

よかった……と、鈴音は胸を撫で下ろす。

抱えた蟠りが完全に消えなくてもいい。互いに歩み寄れたなら、それで充分だ。その距離を、これから少しずつ縮めていけばいいのだから。

するとそこへ複数の足音がして、そして「うわっ、すごい！」と聞き慣れた声。

「凜……？」

縁側をまわり込んで凜が姿を現した。遠くの滝を眺めて、「うっそ！　あれもつくったの？」と大きな目を丸めている。

そのあとを長いストライドで悠然と追いかけてきたアレックスが、「これはまた趣味に走られたようで」と、褒めているのか貶《けな》しているのか、わからない感想を述べた。

「鈴音⁉　神前式ってホントか⁉」

鈴音を認めた凜が、縁側から上がり込んでくる。そして、鈴音の肩越し、奥の間の白無垢を見つけて、「……マジ？」と顎《あご》を外しそうな勢いで驚きを露わにした。

「ぶっとびすぎ……」

自分が着せられたウェディングドレスも、いったい幾らかかったのか、いまだに怖くてアレックスに聞けないでいるほどとんでもないシロモノだったけれど、それにしても白無垢とは次元が違うと、よくわからない理屈を展開させる。

「お色直し用の振袖もある……ドレスも⁉」

ルカ、欲張りすぎ……と呟く凜に、ルカが「僕じゃありませんよ」と、また同じセリフを吐いた。

「式は挙げないよ」

「なんで？」

「だって、父上や母上に黙って、勝手はできないし……」

言いながら、傍らのルカを見上げる。

「日本に、ごあいさつに行ってからじゃないとね」

ここを使わせてもらうにしても、そのあとだと肩を竦める。

「なんだぁ……」

誰より一番、当の本人以上に、落胆したのかホッとしたのか、肩を落としたのは凜だった。

「鈴音が白無垢着たら洒落《しゃれ》になんないと思ったからさぁ」

「自分だって、ドレス似合ってたじゃない」

「俺のは忘年会の余興レベルだったろ」

「嘘。美少女だったよ」

自分でも鏡を見て、ちょっと思ったくせに、と指摘すると、凜は「うっ」と詰まって、うっすらと頬を染めた。そして傍らのアレックスに不服を向ける。

「なんだ？　白無垢が着たかったのか？」

「誰がだ！」

アレックスの頓狂な返答に肩を怒らせる。

「着たいのなら、いつでも着せてやるぞ」

「冗談……っ」

アレックスがその気になったら冗談では済まないことを知る凜は、じりっとあとずさって、鈴音の後ろに隠れた。

「鈴音の白無垢、楽しみだな～」

声が白々しい。

「凜っ」

真っ赤になる鈴音の横で、衣桁にかけられた着物とドレスを検分するようにじっと見ていたルカが、「閣下」とブレスゲン伯を呼んだ。

「お色直しの振袖は、凜の誕生石のアクアマリンに合わせて、薄いブルーのにしましょう。

披露宴用のドレスはレースたっぷりのミニスカートがいいと思います」

真顔でロクでもない注文を出す。

ブレスゲン伯は、「いい趣味だ」と息子のセンスを称賛して、「すぐに手配させよう」と頷いた。

「勝手に話を進めないで！」

冗談なのか本気なのかわからないトンデモな状況に、鈴音が声を上げる。

「シチリアにアーモンドの花が咲いたら、式を挙げようか」

鈴音を抱き寄せるルカの翡翠の瞳には、見慣れたおだやかさの奥に秘めた強い光。こうなったらもう、鈴音が何を言ってもはじまらない。本気でも冗談でも、ルカは決めたことを実行する。

ご両親はちゃんと説得するから…と言われて、鈴音は「兄上のほうが卒倒するかも」と苦笑した。

「ひとまず、これを着てみないかい？」

ブレスゲン伯は、白無垢を指してなんでもないことのように言う。どうあってもいま、これを鈴音に着せたいらしい。

ソフィアが呼び寄せられて、逃げ損ねた凜ともども、鈴音はまたも着せ替え人形にされた。

白無垢をお披露目し、振袖に着替え、しまいには絶対に固辞したかったウエディングドレスまで着せられて、もうぐったり。

やっぱり式なんて挙げなくていいかも……と正直思ったのは内緒だ。

鈴音の希望を言わせてもらえば、ルカとともに手がけた風景式庭園の東屋で、ふたりきりで静かに愛を誓いたい。

今夜にもおねだりしてみようか……。

ドレスのデザインを気にするルカを見上げて、鈴音はふふっと小さく笑った。

あとがき

こんにちは、妃川螢です。この度は拙作をお手に取っていただき、ありがとうございます。

今作は、前作『伯爵と身代わり花嫁』に物語の発端として登場していた鈴音を主人公に据えたスピンオフとなります。

もちろん、今作だけでお楽しみいただけるように書いていますが、前作と合わせてお読みいただくとより楽しめると思いますので、どうぞよろしくお願いいたします。

結論として、果たして本当に鈴音がルカに押しかけ女房だったのか……？　ルカの本性を考えれば、ロックオンされたのは鈴音のほう……？　なんて、不穏なことを呟くだけ呟いて、後日談は皆さまの想像にお任せしたいと思います（笑）

イラストを担当していただきました水貴はすの先生、このたびはお忙しいなか、ありがとうございました。

二作つづけて手間のかかる花嫁モノですみません。次の機会にはぜひ、カッコいいキャラを描いていただきたいな……と言うだけならタダですよね（笑）

お忙しいとは思いますが、またご一緒できる機会がありましたら、そのときはどうぞよろしくお願いいたします。

妃川の活動情報に関しては、ブログをご参照ください。

http://himekawa.sblo.jp/

Twitterアカウントもあるにはあるのですが、どうも馴染めないというかなんというか……性に合わないようです。すみません。

今のところブログの記事投稿に連動して自動ツイートされるのみになっています。それでもブログの更新は確認できると思いますので、よろしければご利用ください。

@HimekawaHotaru

皆様のお声だけが執筆の糧です。ご意見ご感想など、お気軽にお聞かせいただけると嬉しいです。

それでは、また。どこかでお会いしましょう。

二〇一四年九月吉日　妃川　螢

本作品は書き下ろしです

妃川螢先生、水貴はすの先生へのお便り、
本作品に関するご意見、ご感想などは
〒101-8405
東京都千代田区三崎町2-18-11
二見書房　シャレード文庫
「庭師《ガーデナー》と箱入り花嫁」係まで。

CHARADE BUNKO

庭師《ガーデナー》と箱《はこ》入《い》り花《はな》嫁《よめ》

【著者】妃川螢《ひめかわほたる》

【発行所】株式会社二見書房
東京都千代田区三崎町2-18-11
電話　03(3515)2311[営業]
　　　03(3515)2314[編集]
振替　00170-4-2639
【印刷】株式会社堀内印刷所
【製本】ナショナル製本協同組合

落丁・乱丁本はお取り替えいたします。
定価は、カバーに表示してあります。

ISBN978-4-576-14142-8

http://charade.futami.co.jp/

CHARADE BUNKO

スタイリッシュ&スウィートな男たちの恋満載

妃川 螢の本

伯爵と身代わり花嫁

エロ貴族をメロメロにしてやる!

イラスト＝水貴はすの

天涯孤独の凛は、親友のふりをして許嫁である元伯爵・アレックスの元へ赴き、婚約解消するついでに慰謝料をいただいてしまおうと計画を立てる。だが迎えてくれたアレックスは、凛が腹黒な偽花嫁だとも知らず、甘やかし大切にしてくれる。家族を失って一人ぼっちだった凛は、彼のそばにずっといたくなってしまい……!?